KB091768

# 소년이
## 있었다

소년이 있었다

서해문집 청소년문학 026

초판 1쇄 발행 2023년 7월 25일

지은이      윤혜숙
펴낸이      이영선
책임편집    김종훈

편집        이일규 김선정 김문정 김종훈 이민재 김영아 이현정 차소영
디자인      김회량 위수연
독자본부    김일신 정혜영 김연수 김민수 박정래 손미경 김동욱

펴낸곳 서해문집 | 출판등록 1989년 3월 16일(제406-2005-000047호)
주소 경기도 파주시 광인사길 217(파주출판도시)
전화 (031)955-7470 | 팩스 (031)955-7469
홈페이지 www.booksea.co.kr | 이메일 shmj21@hanmail.net

ISBN  979-11-92988-19-1  43810

이 도서는 한국출판문화산업진흥원의 '2023년 우수출판콘텐츠 제작 지원' 사업 선정작입니다.

서해문집
청소년문학
026

# 소년이
# 있었다

윤혜숙 소설집

서해문집

| 차례 |

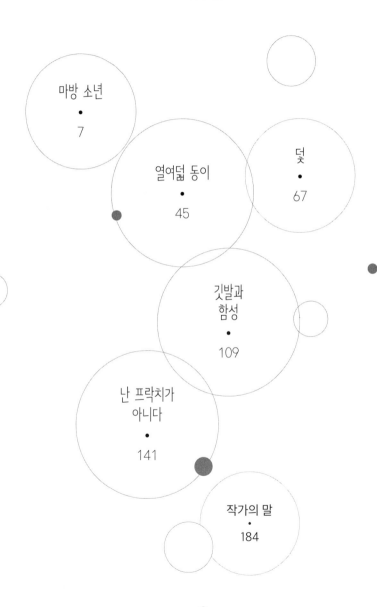

마
방

소
년

이 글은《대한 독립 만세》(서해문집, 2019)에 수록한 〈끝나지 않는 아침〉을 수
정한 것입니다.

마방의 하루는 아침 여물을 끓이는 일로 시작됐다. 마른 옥수숫대와 콩대를 무쇠솥에 집어넣었다. 아궁이의 불이 타닥타닥 소리를 내면 나무 주걱으로 여물을 저었다. 가마솥 위로 여물이 봉긋하게 솟았다가 풀썩 꺼지며 숨이 죽었다. 팔뚝이 무지근해진다 싶더니 가마솥에서 펄펄 김이 올랐다. 얼굴이 후끈하고 눈앞이 뿌예졌다. 한겨울에도 무쇠솥 앞에서는 땀이 났다.

며칠째 낯선 사람들이 마방을 들락거렸다. 엊저녁 큰골 금광의 수덕 아재까지 왔을 때는 심상치 않은 기운마저 느껴졌다. 의아해하는 내 시선에 수덕 아재는 도망치듯 대문을 빠져나갔다.

"어제 왔던 사람, 금광 인부 맞지?"

성하댁이 물에 젖은 손을 앞치마에 닦으며 물었다. 수덕 아재는 외가 쪽으로 팔촌쯤 되는 사람이었다. 금광을 찾겠다며 외가 재산을 다 털어먹은 아재는 우리 집과는 아예 발을 끊고 살았다.

"아, 아닌데요."

지은 죄도 없이 말소리가 기어들어 갔다.

"아무래도 뭔 일이 단단히 일어나지 싶다. 못 보던 사람들이 드나드는 것도 그렇고. 글쎄 엊그제는 한약방 전씨랑 다른 면에 사는 이들도 다녀갔다니까."

성하댁이 방 쪽을 흘끔거리며 말끝을 흐렸다. 한약은 필요할 때마다 친구인 봉석이 들고 왔으니 한약방 전주까지 마방에 들를 일은 없었다.

"어디 편찮으신 건 아니죠?"

"설마… 여기 와서 밥이나 한술 떠라."

3월 말이 가까웠지만 은정봉에서 불어오는 찬 바람에 절로 몸이 떨렸다. 내가 어물거리자 성하댁이 손을 끌었다.

부뚜막에 남은 온기가 바짝 언 몸을 노글노글하게 만들었다. 성하댁이 소반에 차린 밥상을 내놓았다. 누룽지가 섞이긴 했지만, 쌀밥은 윤기가 자르르 흘렀다.

"웬 거래요?"

"그러게나 말이다. 당분간은 쌀밥을 넉넉하게 지으라 하시네. 쌀밥 준다는 소문이 퍼졌나 방방이 꽉꽉 차서 좋다만 네가 힘들어서 어쩌누?"

"하는 일 없이 공짜 밥 먹는 것보다는 낫죠, 뭐."

시래깃국을 입에 떠 넣었다. 곱은 손이 풀리고 배 속도 뜨뜻해졌다. 성하댁이 식은 국에 뜨거운 국물을 떠넣었다.

볼을 비비며 봉석이 부엌문으로 들어선 것도 그때였다. 바깥 찬바람에 오래 걸었는지 손등이 발갛게 얼어 있었다.

"어유, 춥다."

"새벽부터 여긴 웬일이야? 무슨 일 있냐?"

성하댁이 달갑지 않은 말투로 쏘아붙였다. 이장인 큰아버지 집에 더부살이하던 봉석이 한약방 점원으로 들어가면서 좀체 얼굴을 볼 수 없었다. 봉석이 한약 꾸러미를 흔들어 보였다.

"이거 받으시면 마방 어른이 아실 거라던데요."

마방 어른이 한약이라니? 말도 안 됐다. 쉰을 넘긴 나이에도 웬만한 청년 서넛은 너끈히 상대할 만큼 마방 어른은 발도 재고 몸도 다부졌다.

"아무래도 보통 한약은 아닌 것 같은데, 그렇지?"

넉살 좋게 봉석이 아궁이 앞에 쪼그리고 앉아 곁불을 쬐었다.

"요즘 어른들이 수상해. 아무래도 뭔 일이…."

문밖을 흘끔대며 봉석이 잔뜩 목소리를 낮췄다.

"뭐가?"

여물을 나무통에 담는 데 정신이 팔려서 지나가듯 들었다.

"무슨 일을 꾸미는 것 같은데…. 마방 어른도 뭐 달라진 거 없어? 잘 생각해 봐."

퍼뜩 며칠 전 본 광경이 떠올랐다. 그날도 마방 어른은 드팀전 등짐장수에게 광목 수십 필을 사들였다. 마방 어른이 광목을 뭐에 쓴다고 했는지 등짐장수한테 물어보려다 주제넘은 짓 같아 접었다. 별말 없이 여물통을 채우는 나를 보고 봉석도 뭉그적대며 일어섰다. 부엌을 나서자 서늘한 공기가 축축한 얼굴에 달라붙어 찢어질 듯 아팠다. 무거워서 얼굴을 찡그리는 줄 알고 봉석이 얼른 여물통을 뺏어 들었다.

"정말 들은 말 없어?"

뭘 알고 있으면서 잡아떼는 것 아니냐며 봉석이 추궁하듯 물었다.

"다른 장날 때보다 부쩍 손님이 늘긴 했지만 그게 큰일은 아니잖아?"

"주인아저씨와 서석리 사람이랑 만세 어쩌고 하는 얘기를 들어서 그래. 우균 형 여기 왔었지?"

경성에서 만세운동을 준비한다는 소문이 떠돌 무렵 우균 형이 마방에 찾아오긴 했다. 우균 형은 나도 봉석이도 잘 아는 형이었다. 성탄절 전날 교회에 오면 선물도 주고 맛난 과자도 준다는 말에 혹해서 두세 번 가기도 했다. 그때 나눠 준 달짝지근한 카스텔라 맛은 한동안 잊히지 않았다. 경성에서 동네 교회의 목사에게 보낸 '만세운동 시위 지시서'와 '독립선언서'를 우균 형이 마방 어른한테 전하러 왔다는 것도 나중에 알았다. 생각해 보니 그 뒤로 마방 어른은 일일이 손님 방에 들어가 한참 만에 나오곤 했다.

"어제 아침엔 물감 냄새가 진동하더라고."

"물감 냄새?"

"밤새 태극기를 그렸대. 난 태극기 처음 봤어."

한약방 주인이 단단히 입단속을 시켰다며 봉석의 목소리가 잔뜩 졸아들었다. 자리끼를 들여놓을 때마다 손님들이 하루가 멀다고 벌어지는 만세운동에 대해 수군대는 걸 들었다. 마방 식구라 여겨서인지 특별히 조심하는 눈치도 없었다. 만약에 우리 동네에서 만세운동이 일어난다면 마방 어른이 주도할 건 불 보듯 뻔했다. 마방 어른의 말은 우리 동네에서는 법이나 마찬가지였다.

"왜놈들이 가만있을까? 다른 동네에서는 그거 하다가 다치고 감옥에 갇힌 사람도 많다던데."

"어르신이 알아서 하겠지. 동학 때부터 왜놈들한테 이골이 나신 분이니까. 어머니 말로는 마방도 그래서 만든 거라셨어."

"정말? 돈도 많고 내로라하는 어르신이 왜 마방을 하실까 궁금했는데."

북만주에 독립 자금을 보내고 있는 걸 알아낸 일본군은 마방 어른의 일거수일투족을 감시했다. 움쩍할 수도 없고 강원도 외진 마을에서 세상 소식을 들을 방법을 고민한 끝에 마방을 열었다. 마방에는 낯선 사람이 들락거려도 의심을 사지 않고 방방곡곡을 다니는 장사치들이 다 모이니 온갖 세상 소식을 들을 수 있을 거라고 확신했다. 마방에서 일하라는 마방 어른의 말에 선뜻 응한 것도 손님들 말만 들어도 학교 다니며 배우는 것보다 나을 거라는 계산속에서였다.

"아직도 안 가고 예서 뭐 하는 거냐?"

성하댁의 말에 봉석이 놀란 수탉처럼 눈이 휘둥그레졌다. 아침상에 올릴 김치를 꺼내러 왔는지 성하댁 손에는 보시기가 들려 있었다.

"주인아저씨가 마방 어르신한테 직접 전해 드리라고 신신당부했다고요."

엄한 소리 듣는 게 억울한지 봉석의 볼이 잔뜩 부었다. 봉석이 헌병대와 친하게 지내는 마을 이장의 조카이니 성하댁을 탓할 수도 없었다. 하루가 멀다고 순사들이 마방에 들이닥쳐 성하댁을 취조하듯 을러댔다.

"방금 들어오셨으니 볼일 보고 얼른 가라. 엄한 데 불똥 튀지 않게."

성하댁이 봉석이를 빤히 쳐다보며 눈을 할끔거렸다.

"이러니 내가 작은집에 들어가고 싶겠어?"

봉석의 입이 닷 발 나왔다.

동트기 전에 마방 어른은 마실을 한 바퀴씩 돌았다. 건강을 위해서라지만 헌병대 눈에 띄지 않는 시간이라는 이유가 더 컸다. 나도 여러 번 새벽녘 논둑을 날 듯 뛰는 마방 어른을 봤다.

방에 들어서자마자 마방 어른은 화롯불을 뒤적이고 있었다. 봉석이 한약 뭉치를 마방 어른 앞에 내놓았다. 확인도 하지 않고 마방 어른이 한약 뭉치를 내 앞으로 밀었다.

　"이걸 서석리 사는 연의진 군한테 전해 줘야겠다."

　"네?"

　무슨 말인지 몰라 어리둥절했다. 봉석도 당황한 기색이 역력했다.

　"네가 날다람쥐라고 하더구나. 발이 재다고….'

　마방 어른이 마방에 나를 불러들인 것도 그 이유 때문이었다. 발이 재고 산을 잘 타기 때문에 급한 전갈을 전하는 일은 언제나 내 몫이었다.

　"헌병대 눈을 피해 이 일을 해 줄 사람이 너밖에 없구나. 한약 속에 중요한 게 있어 아무에게나 맡길 수 없다."

　봉석의 짐작대로 예사 한약이 아니었다. 마방 어른은 솜옷과 귀마개가 오히려 순사들 눈에 띌 것 같다며 일이 끝나면 쌀 한 말을 주겠다고 했다. 보상도 보상이지만 이제야 쓸모 있는 일꾼으로 인정받은 것 같았다. 나는 한약 뭉치를 보자기에 싸서 가로 멨다. 엉거주춤 일어서는 봉석을 마방 어른이 불러 세웠다.

　"봉석이 네가 그 집에 가 봤다던데….'

　"서석리라면 손금 보듯 환하죠."

　"그럼 잘됐다. 네가 동무해서 가 줄 수 있겠냐? 유근이 초행길이라 네가 같이 가 주면 훨씬 수월할 거다. 내가 따로 한약방에는 연락하마."

마방 어른의 말에 봉석이 눈알만 되록거렸다.

"이것만 전해 주면 되나요?"

"거기에서 다음에 갈 데를 일러 줄 거다. 다섯 마을을 다녀야 하니 아침을 든든하게 먹고 출발해라."

무슨 말을 덧붙이려다 마방 어른은 입을 다물었다. 이웃해 있는 기린면, 화촌면, 서석면, 두천면, 내천면 사람들에게 한약 뭉치를 전하면 될 일이었다.

"역시 내 말이 맞지? 보통 한약이 아니라니까."

"순사한테 걸리면 한약으로 둘러대라고 그러신 것 같아. 너랑 같이 가서 든든하다."

"하루 품삯도 보상해 주신다잖아? 올해 토정비결이 좋아서 그런지 이런 횡재도 있고."

봉석이 히죽대며 내 어깨에 팔을 둘렀다. 위험한 일이라는 걸 아는데도 소풍이라도 가는 듯 마음이 설렜다.

군데군데 봄풀이 돋아나긴 했지만, 아직도 산봉우리는 녹지 않은 눈 때문에 희끗희끗했다. 진달래로 산 곳곳이 울긋불긋하고 들판은 한 뼘 넘게 자란 보리로 푸릇푸릇했다.

"이 안에 뭐가 들어 있을 것 같아? 태극기 아닐까?"

"글쎄… 태극기는 아닐 것 같아."

만세운동 모임 날짜 같은 게 적혀 있지 않을까? 그런 게 아니면

군이 이렇게까지 할 이유가 없었다. 궁금증을 삭히느라 걸음을 빨리했다. 풀어 보자고 꼬드기던 봉석이 따라오며 툴툴댔다. 늦은 아침을 끓이는지 초가지붕 낮은 굴뚝에서 희부연 연기가 났다. 가쁜 숨을 몰아쉬며 봉석이 옆에 다가섰다. 한약 봉지 대신 마방에서 들은 걸 털어놓으라며 들러붙었다.

"만세운동이 전국에서 벌어지고 있대. 손님들 말로는 학생들은 물론이고 농부들, 기생들, 고무공장 노동자들까지 모두 참가하고 있대."

"그러면 조선 사람들이 다 한다는 거잖아?"

"그렇다고 봐야지. 우리 동네에서 만세운동 일어나면 넌 참가할 거야?"

"당연하지. 우리 아버지가 돌아가신 것도, 이렇게 힘들게 사는 것도 다 일본 놈들 때문인데."

가슴을 달구는 어떤 열기가 발끝부터 올라왔다. 봉석도 옹송그렸던 어깨를 추석거렸다.

"난 큰댁 식구들 보기 싫어서도 만세 시위에 나갈 거야."

봉석이 큰아버지인 이장 집으로 들어간 건 역병으로 가족을 잃은 후였다. 힘겨운 더부살이를 봉석이는 이장을 배알도 없는 사람이라고 흉보는 것으로 견뎌 냈다. 일본 면사무소를 들락거리며 이장이 갖가지 이권을 챙기는 것은 마을 사람들도 다 아는 일이었다. 먹여 주고 재워 주는 유세 때문에 봉석이는 머슴처럼 일했다. 오죽

했으면 한약방 주인이 약방 일을 가르쳐 보겠다고 나섰을까? 봉석은 한약방 쪽방에서 자면서도 이장 집에는 가지 않았다.

호랑이가 출몰한다는 험한 산길을 지나야 하는데도 봉석이 옆에 있어서 수월했다. 지나가는 노인이 의진 아재의 집을 알려 줬다. 의진 아재의 집은 마을 제일 *끄*트머리에 있었다.

"오느라 고생 많았다. 별일 없었지?"

마당까지 뛰어나온 의진 아재가 반갑게 손을 맞잡았다. 방에 들어가 있으라더니 의진 아재는 한참 만에 돌아왔다. 혹시 따라붙은 사람은 없나 근처를 살피느라 그랬다고 했다. 한약 뭉치를 풀어 종이를 꺼내 든 의진 아재의 얼굴이 굳어졌다. 한약 뭉치 안에 들어 있는 건 독립선언서와 만세운동 논의를 위한 모임 날짜와 장소가 적힌 쪽지였다.

"서석리는 어르신의 뜻을 따르기로 했다는 말을 전해다오. 혹시 모르니 지름길로 가는 게 나을 거다."

의진 아재가 마을 사람들만 아는 샛길을 땅바닥에 그려 가며 알려 주었다. 봉석이 연신 고개를 *끄*덕였다. 아주머니는 가는 길에 먹으라며 주먹밥을 챙겨 주었다. 세 마을을 돌 때까지 순사들과 부딪히지 않았다. 순사들을 피해 다음 마을로 가는 숨은 길을 알려 주었기 때문이다.

"네 고생이 헛되지 않게 하마."

한약 뭉치를 받아 든 어른들에게 그런 말을 들을 때마다 찡했다.

비밀 회합이 있던 날, 마방 어른은 종일 방에서 나오지 않았다. 해거름이 마방 마당까지 깔릴 즈음에는 속이 탔다. 봉석이와 만나기로 한 것도 있었지만, 다섯 마을 어른들이 하나같이 모임 날 보자고 했기 때문이다.

"어르신 저 먼저 한약방에 가겠습니다."

새된 목소리가 튀어나왔다. 굳게 닫혔던 문이 열리며 마방 어른이 말했다.

"조심해라. 나도 곧 따라가마."

마방 어른은 아무것도 묻지 않았다. 심부름 이후 마방 어른은 표나지 않게 어른 대접을 해 주었다.

입춘이 지나 해가 길어졌다고는 하지만 한약방에 도착하니 캄캄했다. 마방 어른은 곧 온다고 했다는 말에 한약방 주인 영균 아재는 들어가자며 선선하게 대했다. 한약 봉지가 널브러져 있는 걸 보니 봉석이 잠시 자리를 비운 모양이었다.

"말처럼 빠르다는 말을 들었지만 다섯 마을을 하루 안에, 그것도 순사한테 들키지 않고 돌다니, 대단하다 대단해."

"큰일도 아니었는데요 뭐."

영균 아재의 부추김에 얼굴이 화끈거렸다.

"봉석이는 아침까지도 다리에 알통 뱄다고 끙끙대던데."

"그 정도는 아니었다고요."

안으로 들어서며 봉석이 불퉁거렸다. 봉석의 부루퉁한 얼굴을 보니 절로 웃음이 났다.

"사람들이 도착하기 전에 슬슬 준비해 볼까?"

영균 아재가 봉석의 어깨를 툭 쳤다. 미리 오갔던 말이 있었던지 봉석이는 기다렸다는 듯 호롱불의 심지를 낮췄다. 이내 사방이 엷은 어둠에 갇혔다. 표나지 않게 굴라는 영균 아재의 말 때문에 몸이 움칠했다. 봉석이 다락방을 들락거리는 사이 어수선하게 늘어놓은 한약 봉투를 치웠다. 문순 아재와 성렬 아재가 제일 먼저 도착했다.

"빈손으로 길 나서면 의심을 살 거라며 안사람이 이걸 들려 주더라고요."

성렬 아재가 도토리 가루라며 등에 짊어진 망태를 들썩였다. 덩치가 산만 한 성렬 아재의 꼴망태는 앙증맞기까지 했다. 올가을 산에서 따서 말린 도토리라는 말에 영균 아재가 갈 때도 순사한테 걸리면 안 되니 되가져 가라며 웃었다.

"큰집 제사에 가는 척하려고 나도 이걸 들고 왔네만."

문순 아재는 손에 든 술병을 흔들었다. 단오 때나 추석 때마다 마을 농악대를 진두지휘하던 사람이었다. 내가 다락방이 있는 뒷문으로 이끄는 사이 봉석이 이불을 한 아름 들고나왔다. 호롱불 빛이 새어 나가지 않게 하기 위해서였다. 제일 마지막으로 온 사람은 봉석의 큰아버지 이장이었다. 자신을 본척만척하는 봉석이 께끄

름했는지 연신 헛기침을 했다.

마방 어른은 사람들이 다 모인 후에야 모습을 나타냈다. 좁은 다락방 안은 열두 명의 어른들로 꽉 찼다. 만세 거사에 뜻을 함께 한 다섯 마을 대표들이었다. 봉석과 나는 언제든지 뛰어나갈 수 있게 문 앞에 앉았다.

"이번의 만세 시위는 우리 조선인들의 독립 의지를 왜놈에게 보여 주는 거요. 여러분도 4월 첫날에는 홍천 읍내에서, 그다음 날에는 동면에서 만세 시위가 있다는 걸 알고 있을 것이오. 만세 시위는 크게 한번 일어나는 것보다 곳곳에서 매일 계속 이어져야 합니다. 그래야 왜놈들도, 세계 만민들도 우리 민족의 독립 의지가 얼마나 강력한지를 알지 않겠소."

마방 어른의 말에 다들 신음 소리로 동조했다.

"어르신 말대로 홍천과 동면 시위에는 참여하지 않습니다. 우리는 물걸리 시위에만 집중하면 됩니다."

영균 아재가 마방 어른의 말을 확인하듯 되짚었다.

"다른 곳에서는 장날에 시위를 벌여서 인원 동원이 쉬웠는데 얼마나 모일지 걱정입니다."

뒷자리에 있던 문순 아재가 눈을 씀벅였다. 나 역시 홍천군에서 이곳저곳 나눠 만세 시위를 하는 것이 이해되지 않았다. 여러 곳에서 시위를 벌이는 것도 중요하지만 몇십 명 모이는 시위라면 헌병대조차 콧방귀도 안 뀔 것 같았다.

"자네 걱정도 아네만 수천 명은 모일 거라 확신하고 있소."

마방 어른 말에 방 안이 술렁댔다. 수천 명이라니! 온 동네 사람을 다 모아도 불가능한 숫자였다. 턱도 없는 일이라는 생각이 먼저 들었다.

"장날도 아닌데 그게 가능할까요?"

"무슨 방도가 있으신 겁니까?"

누군가의 말에 사람들이 마른침 삼키는 소리가 여기저기에서 들렸다. 불기가 없는 탓에 무릎이 시렸지만 아무 내색도 할 수 없었다. 연기가 날까 봐 저녁부터 아궁이의 불씨를 모두 죽인 탓이었다.

"다들 무리한 일이라고 생각할 거요. 하지만 난 우리 마을 사람들의 애국심을 믿소. 지난 동학 항쟁 때도 그랬잖소? 목숨을 내놓고 끝까지 싸운 건 우리뿐이었소."

마방 어른의 말에 다들 숙연해졌다. 우금치전투에서 패한 뒤에도 관군과 일본군에게 쫓기던 강원도 동학혁명군 3000여 명은 장야촌에서, 또 풍암리 자작고개에서 밀리면서도 끝까지 싸웠다. 그날의 치열한 전투로 800명이 넘는 사람이 목숨을 잃었다. 그때 입은 부상으로 아버지는 돌아가실 때까지 절름발이로 사셨다. 아버지 생각에 울컥했다.

"마방 어른도 그곳에서 싸우셨다 들었어요. 제 아버지도 그때 돌아가셨어요."

성렬 아재의 목소리는 울음을 참는지 잔뜩 잠겨 있었다.

"그야 어르신 말이 백번 옳지요. 면사무소에 걸린 일장기를 낮으로 찍어 쓰러뜨린 건 우리 동네밖에 없을 겁니다."

그게 불을 지폈는지 사람들은 저마다 알고 있는 일들을 이야기했다. 한 이야기가 끝나고 또 다른 이야기로 이어지며 좀체 그칠 기미를 보이지 않았다.

"그 일 때문에 면사무소와 헌병 주재소가 20리 떨어진 도관리로 옮긴 거 아니겠어요"

"이렇게 큰 동네인데도 면사무소 하나 없는 게 말이 되나? 괜한 일 벌여서 얼마나 고생인데…."

누군가 옆구리를 찔렀는지 뒤에 있던 이장의 신음이 곧이어 들렸다. 입 밖으로 내뱉진 않았지만 다들 김 이장이 마뜩잖은 눈치였다.

"큰아버지도 가만히 있기나 하지, 하여튼 눈치가 없다니까."

봉석이가 낮게 구시렁거렸다. 싸해진 공기를 깨기라도 하듯 마방 어른이 말을 이었다.

"다들 독립선언서를 읽어 보셨을 거요. 왜놈한테 나라를 빼앗긴지 벌써 15년이 지났소. 그 사이 우리는 왜놈들의 극악무도한 만행에 시달리면서 나라를 잃는다는 게 얼마나 서럽고 뼈아픈 일인지, 독립의 희망 없이 산다는 게 얼마나 고통스러운지 알게 되었소. 그 세월 동안 나라를 되찾아야 한다는 의지와 열망을 다지게

된 거 아니겠소?"

마방 어른의 결연한 말투에 다들 숙연했다. 도둑질당한 것을 되찾는 데 목숨까지 걸어야 한다는 게 억울한 생각까지 들게 했다.

"왜놈한테 빌붙어 저만 살겠다는 종자는 처음부터 걸러 내야 하지 않겠습니까?"

기다렸다는 듯 뒷자리에서 불평 섞인 말이 튀어나왔다. 이장을 두고 하는 말이었다. 헛기침하거나 구시렁대거나 사람들은 동조의 뜻을 보였다. 사람들의 웅성거림을 잠재우려는 듯 마방 어른의 목소리가 높아졌다.

"이번 만세운동은 온 백성이 함께하는 것이오. 당연히 조선인이면 누구나 참여할 수 있어야 하지 않겠소? 이웃조차 제대로 품지 못한다면 그건 우리가 원하는 독립의 참모습은 아닐 거요. 이번 만세 시위로 한때의 과오를 깨닫고 다시 조선인으로 돌아온다면 그역시 의미 있는 일 아니겠소."

마방 어른의 말에 냉랭하던 공기가 조금 가라앉았다.

"어르신은 많이 모일 거라고 장담하시지만 솔직히 저희는 거사일이 다가오니 걱정입니다. 노인과 애들까지 다 끌어모아도 1000명도 안 될 텐데요?"

"그러니 비책이 필요한 게 아니겠소?"

웅성대는 사람들을 둘러보며 마방 어른이 기다렸다는 듯 비책에 대해 말했다. 만세 시위에 나오지 않으면 이곳을 떠나거나 3만원의 벌금을 물리겠다는 것이었다. 이곳이 고향인 사람들에게 마을을 떠나라는 건 죽으라는 것이고, 쌀 한 가마니에 2원 하는 시절에 농사꾼에게 3만 원은 상상도 못 할 거금이었다.

'마음에서 우러나와야 하지 벌금 때문에 나오면 안 되는 거 아냐.'

마방 어른의 비책이 사람들에게 만세운동에 대한 악감정을 불러일으키지 않을까 싶어 걱정됐다. 다른 어른들도 나와 비슷한 생각을 하는 모양이었다.

"그게 통하겠습니까? 얼토당토않다고 여길 텐데요."

"설마 어르신이 진짜 돈을 받아 내려고 그러는 거겠소. 분명 다른 뜻이 있을 거요."

짚이는 게 있는지 성렬 아재가 마방 어른 쪽으로 얼굴을 돌렸다. 잠시 뜸을 들인 뒤에야 마방 어른이 입을 열었다.

"이런 조건을 따를 사람이 누가 있겠소? 사람들 대부분이 만세 시위에 참여하고 싶지만, 나중에 그 일 때문에 끌려가거나 다치는 것을 걱정하는 거 아니겠소? 그럴 일이 벌어지면 안 되겠지만 만약 그런 상황이 되면 벌금 낼 돈도 없고 고향을 떠날 수 없어서 어쩔 수 없이 내가 시키는 대로 했다고 하면 처벌을 면할 테니 안심하지 않겠소."

몇 사람은 고개를 끄덕이고 또 몇 사람은 '아!' 하고 안도의 숨을 내쉬었다. 마방 어른의 생각을 알게 되면 많은 이들이 용기를 낼 것 같긴 했다. 역시 마방 어른다웠다.

"4월 3일 정오 이곳 약방 앞 비석거리 장마당에서 모입시다. 여기 계신 분들은 전날 밤과 당일 아침에 회람을 돌리는 게 어떻겠소?"

"당연히 그래야죠. 다섯 면 사람들이 우리와 뜻을 같이할 것이고 큰골 광부들도, 단골 장꾼들도 나 몰라라 하지 않을 겁니다."

부장두를 맡은 성렬 아재의 목소리는 확신에 차 있었다. 수천 명이 만세를 외치며 면사무소와 주재소가 있는 도관리까지 행진하는 장관이 눈앞에 그려지자 가슴이 쿵쾅댔다.

"왜놈들이 가만히 있지 않을 텐데 우리도 대비해야 하지 않겠습니까?"

"이번 만세 시위는 비폭력 시위요. 도관리쯤 가면 헌병들이 몰려올 테지만 평화적으로 만세만 부르는 사람들에게 대놓고 총을 쏘지는 못할 거요."

"언제 그놈들이 사정 봐 가며 총질하는 거 봤습니까? 온갖 핑계 다 만들어서 사람을 죽이고 잡아가는 놈들인데."

몇몇 아저씨의 걱정에 마방 어른은 만세 시위가 정당하고 평화적인 만큼 별일 없을 거라며 달랬지만 사람들의 걱정은 좀체 가라앉지 않았다.

"헌병이라야 보조원까지 해서 아홉 명뿐이니 수천 명이나 되는 만세꾼의 위세에 함부로 움직이지는 못할 거요. 게다가 이틀 전에는 화천면에서, 전날에는 동면에서 만세 시위를 하니 우리 동창마을까지 신경 쓸 겨를이 없을 테고 알아도 춘천 헌병대까지 불러들일 시간이 없을 거요."

"그래도 만일이라는 게 있잖습니까?"

"그런 일이 일어나지 않기를 바라야겠지만 천지 분간 못 하고 덤벼들면 주재소를 깨부숴야지요. 그러다 불미스러운 일이 생기면 내가 책임지겠소."

"어르신한테만 책임을 지우지 않을 겁니다. 우리는 동지잖습니까?"

영균 형의 말에 사람들이 서로 눈을 맞추고 고개를 끄덕였다. 나도 모르게 봉석의 손을 끌어 잡았다.

'대한 독립 만세!'

속엣말로 한 자 한 자 읊자 어깨가 무지근해지고 목 안이 가시라도 걸린 듯 쓰라렸다.

비밀 회합은 조각달이 산마루에 걸리는 새벽녘이 돼서야 끝났다. 사람들이 스며들 듯 하나둘 어둠 속으로 걸어 들어갔다. 뒤늦게 마방 어른을 배웅 나온 영균 아재의 손에 한약 꾸러미가 들려 있었다.

"몸을 보하는 약재를 많이 넣었으니 어머니께 갖다 드려라. 오늘 이렇게 뜻을 모을 수 있게 된 건 다 네 공이다."

어리둥절했지만 어머니 생각에 한약을 덥석 받아 들었다. 일 잘한다며 마방 어른이 챙겨 줬다고 하면 어머니도 별 의심 없이 받을 것 같았다.

*

만세 날이 하루 앞으로 다가왔다. 늘 같은 날인데도 어제의 그 공기와 사뭇 달랐다. 마방을 들락거리는 사람들도 말을 아끼는 눈치였다. 몇몇 장사치는 아예 며칠 치 방세를 내겠다고 했지만, 마방 어른은 거사에 참여하는 이에게 돈을 받을 수 없다며 거절했다.

아침을 먹고 마당을 막 나서려는데 봉석이 사립문 뒤에서 튀어나왔다. 지금쯤 한약방에 있어야 할 시간이었다. 급하게 달려왔는지 거친 숨을 몰아쉬었다.

"무슨 일 있어?"

쩔쩔매는 꼬락서니가 꽤 심각한 일인 듯했다.

"조금 전에 큰집으로 헌병 두 명이 들어갔어."

"갑자기 왜?"

아무래도 이장이 만세운동을 밀고한 거 같다며 봉석이 파랗게 질렸다. 봉석은 이장이 어제 종일 집을 비웠고, 꼭두새벽부터 자꾸 문밖을 살펴서 무슨 일 벌일 줄 알았다며 단숨을 내쉬었다. 가슴이 벌렁댔다. 둘이 해결할 일이 아니었다.

"어디로 간다는 말은 없었어?"

"가는 데야 뻔해. 올 때마다 삼거리 주막집에서 술을 대접하거든."

"난 마방으로 갈 테니 넌 얼른 성렬 아재 모시고 주막으로 와. 알았지?"

성렬 아재가 헌병 보조원 홍재호의 동네 친구라는 걸 들어서 알고 있었다. 봉석이 고개를 끄덕이고는 냅다 뛰쳐나갔다.

"저기 봉석이 아니냐? 아침 댓바람부터 무슨 일인지…."

어머니의 걱정을 달래 줄 여유조차 없었다. 급한 일이 생긴 모양이라며 둘러댔다. 어떻게 마방까지 갔는지 정신이 하나도 없었다.

"결국 일이 벌어졌구나. 어서 가자."

주막까지 가는 내내 마방 어른은 굳은 얼굴이었다. 헌병 보조원이라고 해도 한 동네 사람이니 마방 어른이 잘 해결할 거라 믿지만 불안은 좀체 줄어들지 않았다.

주막 쪽마루에는 홍재호가 총을 옆구리에 끼고 앉아 병째 술을 마시고 있었다. 함께 술을 마시던 윤두섭은 꽤 취했는지 얼굴이 불콰했다.

"만세를 불러? 정신 빠진 것들. 죽으려면 무슨 짓을 못 해…."

홍재호가 호기를 부리며 술잔을 거칠게 내려놓았다. 한참 떠들던 홍재호가 부엌 앞에서 떨고 있는 주인을 불러냈다.

"주인장, 뭐 들은 거 없소? 이장님 말이 사실이라면 당신도 알고 있을 거 아니오? 지금이라도 말하면 정상 참작하겠지만, 만세꾼을 싸고돌면 국물도 없을 거요."

거들먹대는 홍재호의 협박에 주막 주인은 들은 말이 없다며 손사례를 쳤다. 예전에 헌병대의 심사를 건드렸다가 주막을 날릴 뻔한 기억 때문에 지레 겁먹은 모양이었다. 얼마 지나지 않아 성렬 아재가 마당으로 들어섰다.

"재호 이 사람아, 자네도 같은 조선 사람 아닌가? 그러니 이번 일만 못 본 척 눈감아 주게. 동포로, 이웃으로 부탁하네."

마방 어른이 나서서 홍재호와 윤두섭을 구슬렸다. 순사들이 어떤 인간이라는 걸 모르지 않을 텐데 달랜다고 될 일이 아니었다.

"그깟 만세운동으로 대일본국이 눈이나 깜박할 것 같소? 같은 조선 사람이라니 난 황국신민, 헌병대 소속의 황국 헌병이란 말이오."

홍재호는 헌병이라는 말에 힘주면서 사람들을 윽박질렀다.

반쯤 얼이 빠져 있던 윤두섭이 마루 턱에 걸쳐 두었던 장총을 거머쥐었다. 저러다 총부리를 겨누면 어쩌지? 간이 쪼그라들었다.

"지금이라도 시위 안 한다고 각서 쓰면 이쪽에서 눈감아 주겠지만 그게 아니라면 나도 가만있지 않을 겁니다."

윤태섭도 술기운이 올랐는지 흰소리를 했다. 성렬 아재가 건들거리는 윤두섭에게 달려들어 장총을 뺏어 들었다. 그 바람에 윤태섭이 바닥에 나동그라졌다. 흥분한 홍재호가 마방 어른에게 달려들 기세를 보이자 성렬 아재가 마루의 술상을 엎고 홍재호의 멱살을 거머쥐었다. 홍재호가 몸을 가누지 못하고 비틀거렸다. 세 사람이 엎치락뒤치락하며 댓돌 위로 나동그라졌다. 주막은 순식간에 난장판이 되었다.

"이게 무슨 일이래요?"

때아닌 소동에 주막을 기웃거리던 동네 사람들이 들어왔다. 사색이던 주인장이 허겁지겁 사람들 사이로 끼어들었다.

"재호가 하도 꼬치꼬치 캐물어서 어떻게든 달래려고 했던 건데…."

술자리가 싸움판으로 바뀌자 이장의 얼굴이 흙빛으로 변했다.

"어제 읍내 만세 시위에서 사람들 많이 다쳤대요."

"우리 마을에서 그런 일 벌어지면 안 되지 않겠소? 우선 이놈들 주둥아리부터 단속하는 게 좋겠소."

웅성대던 사람들이 누가 먼저랄 것도 없이 윤두섭과 홍재호를 향해 달려들었다. 두 사람 위로 겹겹이 사람들이 엎어졌다.

"똘똘 뭉쳐도 시원찮을 판에 조선 사람끼리 주먹다짐이나 벌인다는 게 말이 되나? 이 사람들도 말은 저렇게 하지만 그런 짓 못할 거요."

마방 어른의 말 때문인지 사람들의 주먹질이 주춤했다. 시끌벅적한 틈을 타 홍재호와 윤두섭이 몸을 추스르며 일어났다.

"당신들도 목숨 보전하고 싶으면 당장 시위를 접는 게 좋을 거요."

살려 달라고 애걸복걸하던 홍재호가 금방 말을 바꿨다.

"좋게 타일러서 들어 먹을 놈이 아니라니까요. 이런 놈한테는

★31

지렁이도 밟으면 꿈틀한다는 걸 보여 줘야 한다고요."

내 생각도 그랬다. 이장 같은 사람을 마을 대표로 가담시켜 헌병대의 귀에까지 들어가게 한 것도 문제지만 그냥 돌려보내면 더 큰 화근이 될 것 같았다. 자칫하다 다 된 밥을 똥통에 빠뜨리는 일이 될지도 몰랐다.

사람들은 갈팡질팡했고 홍재호와 윤두섭은 길길이 날뛰었다. 성렬 아재가 뒷일을 수습할 테니 사람들에게 돌아가라고 달랬다.

"무슨 봉변을 당하려고요. 우리가 같이 있어야 저놈들도 겁먹지 않겠소?"

사람들 몇이 목소리를 돋웠다.

"이렇게 몰려 있는 게 알려지면 더 큰 일이니, 뒷일을 두 사람한테 맡기고 돌아들 갑시다. 구더기 몇 마리 때문에 장독을 깰 수는 없지 않겠소."

마방 어른이 그렇게 나오니 사람들도 어쩌지 못했다. 마방 어른이 주막을 떠날 때까지도 나는 자리를 떠나지 않았다. 마방 어른이 쉽게 물러나는 건 나에게 뒷일을 지켜보라는 말로 들렸다.

성렬 아재가 다시 술상을 봐 오라고 주인에게 말했다. 붙잡힌 게 억울한지 연신 투덜거리는 홍재호를 맞은편에 끌어 앉혔다. 나는 주인 옆으로 슬그머니 다가갔다. 여차하면 나라도 힘을 보태야 할 것 같았다.

"내가 아는 자네는 누구보다 의리 있는 사람이었네. 자네가 헌병 시험에 합격했을 때 마을 사람들이 기뻐했던 거 기억나나?"

그런 말에 흔들릴 사람이 아니라는 걸 뻔히 알면서도 성렬 아재는 홍재호를 추켜세웠다. 홍재호가 콧등을 찌푸리고는 막걸리 한 사발을 들이켰다.

"한 가지만 부탁하겠네. 이번 만세 시위로 나라를 되찾게 되면 아무도 자네 잘못을 문제 삼지 않을 걸세. 그러니 내일 오후까지만 눈감아 주게. 그렇게만 해 준다면 오늘 자네가 베푼 은혜를 두고두고 고마워할 걸세."

"넌 여전히 순진하구나. 대일본제국이 그깟 시위에 무너진다고? 내가 책임지고 넌 이번 일과는 상관없다고 말해 줄 테니 너야말로 지금이라도 마음 바꿔."

기고만장해진 홍재호가 잔뜩 허세를 부렸다.

"정말 한 번이라도 다시 생각해 볼 여지가 없다는 거지?"

"백번을 물어도 내 대답은 똑같아."

참다못한 성렬 아재가 일본 놈보다 더 나쁜 놈이 일본 놈에 빌붙은 버러지라며 홍재호의 뺨을 세차게 갈겼다.

"감히 대일본 헌병한테 협박도 모자라 손찌검까지…. 더 이상 못 참아."

수상한 낌새를 알아챘는지 주막 주인이 재빠르게 장총을 빼돌렸다. 나도 홍재호의 다리를 잡고 늘어졌다. 여기서 물러서면 모든 계획이 수포가 될 거란 생각밖에 없었다. 술기운 때문에 홍재호와 윤두섭은 연달아 헛발질만 했다. 가만두지 않겠다는 두 사람을 제압하고 성렬 아재와 주인이 손목을 동여맸다. 나는 두 사람을 창고에 가두는 것을 보고서야 가슴을 쓸어내렸다.

마방에 돌아와 여물부터 끓였다. 봄이 가까워졌는지 헛간의 볏짚도 바닥까지 푹 꺼져 있었다. 몸을 놀리니 시끄러웠던 마음이 조금씩 가라앉았다.

"주막에서 난리 났다며 어르신한테 네가 돌아왔다고 알려 드렸다. 내내 네 걱정 많이 하셨어."

성하댁이 뭔 소리를 들었는지 아궁이 잔불을 화로에 담으며 말했다.

"어른들이 지키는데 뭔 일 있겠어요?"

푹 끓은 여물을 담은 통을 들고 마구간으로 향했다. 말 못 하는 짐승들도 전에 없이 예민했다. 바람 소리에도 바짝 갈기를 세웠다. 여물통이 비는 걸 보고 부엌으로 갔다.

"집에 일찍 들어가라고 그러시더라. 나도 시위에 나가고 싶은데 아낙들은 나오지 말라니…. 내 자식만큼은 이런 세상에서 살게 하고 싶지 않은 건 아녀자라고 다르지 않은데 말이다."

솥뚜껑을 닦으며 성하댁이 불만 섞인 말을 뱉었다. 마방을 나서는데 멀리서 수덕 아재와 광산 인부들이 무리 지어 내려오고 있었다.

*

드디어 4월 3일 아침이 밝았다. 새벽부터 흩뿌리던 비가 조금씩 가늘어졌다. 서둘렀는데도 도착했을 때 장마당엔 발 하나 밀어 넣기도 힘들 만큼 사람들로 빽빽했다. 동창마을 사람들과 고개를 몇 개나 넘어온 이웃 마을 사람들이었다.

한약방 앞도 시위 준비로 바빴다. 대형 태극기 세 개를 바지랑대 위에 내걸었고 독립선언서를 챙기고 있었다. 잠시 후 집마다 사발통문을 돌렸던 청년들도 속속 도착했다.

"유근아, 우리도 왔다."

"만세 시위인데 우리도 가만있을 수 없지!!"

며칠 전부터 마방에 묵고 있던 장꾼 아저씨들이었다. 방으로 자리끼를 들고 가면 너나없이 붙잡고 이것저것 물었다. 마방 어른이 수천 명은 올 거라고 장담했지만 미덥지 않던 게 솔직한 마음이었다. 점점 불어나는 사람들을 보자 얼마나 모일지 기대까지 생겼다.

정오가 다가오자 다리목 장터에서 내촌천 둑까지 발 디딜 틈 없이 사람들로 꽉 찼다. 골목마다 언덕마다, 멀리 내촌천 다리 위도 만세 인파로 가득 찼고 뒤늦게 도착한 사람들은 인근 논둑으로 올라갔다. 솜두루마기 차림의 늙은이부터 귀밑머리 새파란 아이들까지 죄 나온 듯했다. 그렇게 많은 인파는 난생처음 보는 장관이었다.

"어르신 말씀이 맞았습니다. 내촌천까지 사람들로 꽉 찼어요."

"2000명, 아니 3000명은 될 것 같습니다. 일본 놈들이 봤으면 눈이 뒤집히겠는데요."

정오가 되자 바지랑대에 걸린 대형 태극기가 내려졌다. 성렬 아재가 징을 쳐서 만세 시위를 알렸다. 마방 어른이 군중 앞에 섰다.

"아침부터 귀한 걸음으로 이 자리에 모여 주신 것을 장하게 생각합니다. 오늘 우리가 여기 모인 것은 침략자로부터 빼앗긴 국권을 되찾기 위해서입니다. 경술국치 이래 우리는 자유도 평화도 없는 엄혹한 세월을 살아왔습니다. 이제는 그 서러움을 끝내야 합니다. 우리 후손들에게 온전한 나라를 물려주는 길은 온 백성이 일어나 조선의 독립을 쟁취하는 것밖에 없습니다. 여러분, 빼앗긴 나라를 되찾기 위해 궐기합시다. 한 사람도 이탈하지 않고 우리의 만세 소리가 저 멀리 바다까지 울려 우리나라가 당당한 주권 국가임을 세계만방에 알립시다."

뜨거운 함성과 함께 여기저기서 박수 소리가 터졌다. 사람들의 함성은 산자락에 부딪쳐 메아리로 퍼져나갔다. 잠시 후 영균 아재가 결연한 목소리로 독립선언문을 낭독했다.

"우리는 여기에 우리 조선이 독립된 나라임과 조선 사람이 자주 국민임을 선언하노라…."

사람들의 술렁거림이 멈췄다. 어려운 말이 많이 나왔지만 '조선', '독립', '겨레', '2000만'이라는 단어가 가슴에 박혔다.

"대한 독립 만세!"

"조선 독립 만세!"

"일본은 물러가라!"

문순 아재의 만세 삼창에 맞춰 도준 형이 징을 쳤다. 문순 아재가 가지고 온 징을 도준 형이 사기가 치겠다고 진즉에 챙겼다.

"지이—이징!"

징 소리와 뒤섞여 수천 명의 힘찬 만세 소리가 하늘을 가득 메웠다. 만세 시위가 끝나면 해방이 될 거라는 확신에 찬 함성이었다. 장마당은 이내 흥분과 열기로 들끓었다.

"도관리로 갑시다!"

"도적놈들에게 우리의 독립 의지를 전합시다!"

시위 군중들은 태극기를 앞세우고 도관리 쪽으로 행진하기 시작했다. 거침없는 물결처럼 시위 대열이 힘차게 용틀임했다. 마방 어른을 따르는 무리와 함께 시위대 앞에 섰다. 한약방을 지나 큰길로 접어들 때였다.

"유근아."

봉석이 까치발을 하고 소리쳤다. 눈이 마주치자 봉석이 내 쪽으로 몸을 틀었다. 물살을 거슬러 헤엄치는 것처럼 사람들한테 떠밀려 봉석의 몸이 휘청했다. 봉석 옆에 서 있는 건 장근을 보자 숨이 멎었다. 장근이의 손에는 태극기가 들려 있었다.

"형! 나도 왔어."

바로 눈앞인데도 멀리서 목소리가 들리는 듯했다.

"나오지 말랬잖아? 왜 왔어?"

"나도 조선 사람이야. 당연히 와야 할 데 온 거라고."

장근이의 말이 머리를 쳤다. 할 말이 없었다. 장근이 내 몫으로 그렸다며 태극기를 내밀었다. 어머니가 아끼던 광목을 내주었다며 장근이 싱글벙글했다.

"그건 장근이 말이 맞아. 이렇게 나오니까 마음 편하고 좋아. 이런다고 큰아버지 잘못이 없어지지 않겠지만 말이야."

머쓱한지 봉석이 뒷머리를 긁적였다.

"장근이도 너도 몸조심해."

"우리 걱정하지 말고 얼른 가."

봉석이 내 어깨를 꽉 잡았다. 장꾼 아저씨들이 어서 오라는 손짓을 보냈다. 앞에도 뒤에도 보이는 거라고는 흩날리는 태극기뿐이었다.

"저기, 홍재호다!"

대열 속 누군가의 입에서 그런 소리가 터져 나왔다.

"저런 쳐 죽일 놈."

"저놈이 나발을 불었을 거구먼."

엊저녁 감시가 허술한 틈을 타 홍재호가 도망쳤다는 말을 들었을 때만 해도 설마 했다. 탑둔지 목화밭 뒤쪽으로 무장한 헌병대가 보였다.

"탕!"

"타~ 타당!"

공포탄이 공기를 갈랐다. 처음 듣는 괴상망측한 소리였다.

"당장 중단해라. 그렇지 않으면 실탄 사격을 할 거다."

헌병대 대장이 위협하듯 공중을 향해 총을 쏘았다.

"걱정하지 마시오. 헛총이요."

"총으로는 우리를 막을 수 없다는 걸 보여 줍시다!"

앞장선 마방 어른과 성렬 아재, 문순 아재와 도준 형이 번갈아 가며 고함을 질렀다.

총성이 끊기자 대열 앞의 만세 소리가 더 커졌다. 시위 대열은 한 치도 물러서거나 흩어질 기미를 보이지 않았다.

"그까짓 총질, 안 무섭다!"

"누구도 우리를 막을 순 없소."

헌병대를 비웃듯 사람들은 다시 대열을 가다듬었다. 마방 어른과 마을 대표들은 뛰어다니며 사람들을 독려했다.

헌병대 대장이 높이 치켜든 팔을 내리는 순간 고막을 뚫는 총성이 났다. 피~웅. 뒤이어 날 선 비명이 튀어나왔다. 시위대 앞 사람들이 장작더미처럼 무너졌다. 무차별 사격은 좀체 멈추지 않았다. 사람들이 흙다리 밑으로 굴러떨어지거나 도랑으로, 논둑과 밭둑 아래로 나동그라졌다. 목을 조르는 공포가 온몸을 휘감았다. 벌판 여기저기 쓰러진 사람들이 보였다. 징 소리도 어느 순간 끊겼다. 세상천지에 비명과 총소리뿐이었다.

계속되는 총소리로 사람들 대열에 구멍이 뚫렸다.

'우리가 뭘 잘못을 했다고 총질이야.'

평화로운 만세 시위를 총으로 대적하다니, 이건 명백하게 반칙이었다. 어느새 눈물이 얼굴을 뒤덮었다. 쓰러진 사람에게 달려갔다. 총을 맞았는지 윗도리가 피범벅이었다. 총알을 피해 어른 몇이 기어 왔다. 나에게 얼른 몸을 숙이라고 손짓했다. 등 뒤로 마방 어른과 뒤이은 고함이 들렸다.

"모두 안골로 피하시오."

"모두 몸을 보전하시오."

정신을 차린 듯 우왕좌왕하는 사람들이 논두렁 밭두렁을 가로질러 은장봉 복골, 가루고개, 용호대 쪽으로 뿔뿔이 달아나기 시작했다. 순간 장근이 얼굴이 떠올랐다. 둔덕 쪽을 향해 달리기 시작했다. 걱정과 공포 때문에 다리가 후들거렸다. 사람들과 부딪쳐 자꾸 뒤로 밀렸다. 장근이를 처음 보았을 때 두들겨 패서라도 돌려보내지 않은 후회가 가슴을 쳤다. 머리 위로 바람을 가르고 총알이 날아들었다. 총알이 날아가는 방향으로 고개를 돌렸을 때 장근이와 봉석이 눈에 들어왔다.

'어이쿠!'

앞에 있던 사람이 휘청하더니 고꾸라졌다. 다쳤는지 어쨌는지 살필 겨를조차 없었다. 눈앞이 하얘졌다. 찬바람에 눈가가 서늘해졌다. 많은 이들이 소용없다는 걸 알면서도 몸을 숙이고 논밭 바깥

으로 뛰었다. 장근과 봉석이 함께했던 대열이 어디 있었는지 기억
나지 않았다. 지나가는 사람들을 붙잡고 장근이 봤느냐고 물었다.
급한 마음에 다리가 꼬였다. 벌판을 채운 아우성이 귀에 쟁쟁했다.

"형 괜찮아? 정신 차려."

장근이 쓰러진 봉석을 흔들었다. 봉석의 다리에서 피가 흘렀다.

"많이 다쳤어?"

나를 보고 장근이 울음을 터뜨렸다. 장근이에게 봉석을 업히라
고 했다. 정신을 잃었는지 축 늘어진 봉석의 몸은 무거웠다. 금방
등에 땀이 찼다.

"저기 저분 마방 어른 맞지?"

우왕좌왕하는 시위대 앞에서 마방 어른이 사람들을 헌병대 반
대쪽으로 이끌었다. 멀리 한약방이 보일 때쯤 도준 형이 눈앞에서
고꾸라졌다.

"아까 징을 치던 그 사람 맞죠?"

"이보시게, 이보시게…. 정신 차리시오."

뛰어가던 아저씨들이 달려와 정근과 형을 일으켜 세웠다. 얼마
뒤 도준 형이 깨어났다. 사람들이 같이 피하자고 하자 총알이 스쳤
을 뿐이라며 도준 형이 얼굴을 찡그렸다. 바짓단을 찢어 피가 흘러
내리는 팔을 묶었다. 도준 형은 뒷정리하고 따라갈 테니 먼저 마방
에 가 있으라고 했다. 완강한 형의 태도에 사람들도 어쩔 수 없었
다. 총소리가 멈춘 사이를 틈타 마방 쪽으로 갈 생각이었다. 마방

에서 얼굴을 익힌 장꾼 하나가 대신 봉석을 업겠다고 했다. 고맙지만 사양했다. 나보다 한 뼘은 더 큰 봉석이 짓누르는 무게 같은 건 안중에도 없었다. 계속 따라오는 총소리 때문이었다. 대열에서 벗어난 사람들이 하나둘 내 뒤를 따랐다.

봉석이 깨어난 건 저녁 무렵이었다.

"시위는 어떻게 됐어?"

봉석이 얼굴을 찡그리며 일어나 앉았다. 마방으로 돌아온 만세꾼들은 지친 듯 하나둘 바닥에 쓰러졌다. 송하댁이 방 안으로 들어왔다.

"여길 오길 잘했다. 설마 여기에 만세꾼들이 모여 있을 거라고는 생각도 못 할 거다. 원래 등잔 밑이 어두운 법이거든."

장꾼들의 얼굴에 웃음이 고였다. 송하댁과 나는 다친 사람들의 상처를 살폈다. 다친 말들을 치료하던 마의들을 지켜본 것이 도움이 되었다.

얼마 뒤 도준 형이 약속한 대로 마방에 나타났다. 순사들과 헌병 보조원들이 동네에 쫙 깔려 있을 텐데 어떻게 뚫고 왔는지 신기했다. 장꾼들이 도준 형을 급히 방 안으로 끌어들였다.

"헌병대에서 눈에 불을 켜고 찾을 텐데…. 젊은이가 대단하네."

"어디 다친 건가?"

장꾼들이 피 얼룩으로 범벅인 도준 형의 옷을 보며 걱정스럽게 물었다.

"전 괜찮은데 총질 때문에 사람들이 많이 다쳤어요. 함께 가 주실 분이 계실까요?"

위험한 일이라는 것을 알기에 도준 형은 말끝을 흐렸다.

"제가 갈게요. 빨리 가요."

어찌하든 물걸리 만세 시위니까. 내가 해야 할 일이었다.

"바늘 가는 데 실 가야죠."

장근이 발딱 일어서며 도준 형의 소매를 잡았다.

"넌 저 아이나 잘 지키고 있어라. 우리가 나가 볼 테니."

"어제 같은 방에서 잔 김씨는 어찌 됐는지 궁금하고…. 빨리 앞장서게."

장꾼 아저씨들이 장근이를 주저앉혔다.

만세꾼들이 떠난 비석거리 장마당은 여기저기 널브러진 시체들과 부상자들의 신음으로 아수라장이었다. 그악스럽게 총질을 해대던 헌병들은 한 명도 보이지 않았다. 마방 어른을 도와 사람들이 다친 사람들을 근처 주막으로 옮겼다. 얼마 후 마을 대표들이 주막으로 찾아왔다.

"오다 보니 헌병들이 보이지 않던데요?"

"큰골 금광 갱내에 숨었다고. 수천 명의 만세꾼을 보고 헌병들도 식겁하지 않았겠소. 어제 홍재호와 윤두섭, 그 두 놈만 어떻게 했더라도 중간에 총질을 당하는 일은 벌어지지 않았을 텐데 후회막급이오."

마방 어른의 얼굴이 어두워졌다. 사람들이 평화적인 시위대를 향해 총질한 놈들이 잘못이라며 한목소리로 말했다.

"장두 어른, 끝장을 봐야 하지 않겠습니까?"

"이만한 일로는 절대 물러서지 않는다는 걸 보여 줘야 합니다."

불끈 주먹이 쥐어지고 목구멍이 화끈거렸다.

"좋소. 갑시다!"

마방 어른의 말에 장정들이 일제히 따라나섰다.

'대한 독립 만세!'

배 속 깊은 곳에서 뜨거운 것이 올라왔다.

열여덟 동이

이 글은 《메밀꽃 질 무렵》(단비, 2018)에 수록한 〈열여덟 동이〉를 수정한 것입
니다.

석 달 만에 돌아온 집이었다. 동이는 등짐을 한번 들썩이고는 깊게 숨을 들이마셨다. 며칠 장사를 접었는지 아궁이 안 재가 눅눅했다. 어디 아픈가? 동이가 등짐을 벗어 평상에 내려놓았다.

"온다, 간다, 말 한마디 없이…. 지가 날 아비로 대접하는데도 내가 그럴까…."

"당신이 곁을 안 주니까 그렇지, 우리 동이가 어떻다고 엄한 소리래요?"

"여편네가 남편을 우습게 여기니까 자식놈도 그 모양이지. 처복 없는 놈이 자식 복인들 있겠냐고?"

의붓아비 용득의 말소리와 함께 사발 하나가 문살을 뚫고 튀어나왔다. 동이가 어찌할 틈도 없이 사발은 마당 한복판에서 산산조각이 났다.

"왜 자꾸 동이를 걸고넘어지…."

기어들어 가는 제천댁의 말끝에 밥상 엎어지는 소리가 이어졌다.

"자네가 죽자 살자 끼고 도니까 그놈이 더 그러지. 여즉 키워 준 은공도 모르는 불효막심한 놈. 내 눈에 띄기만 해 봐. 다리 몽둥이를 작신 분질러 버릴 테니까."

피 한 방울 안 섞인 아들을 거뒀다며 유세를 부리는 용득이 어이없었다. 동이는 입술을 깨물며 울음을 삼켰다. 용득이 친아버지가 아닌 것을 알고 난 이후 동이는 가슴에 불을 담고 살았다.

"말끝마다 본데없는 놈이라고, 키워 줬으면 제 밥벌이는 해야 한다고 대우 닦달한 게 누군데, 왜 그런 애먼 말을 한대요?"

악에 받친 제천댁의 목소리가 가늘게 떨렸다. 집을 비운 사이 제천댁이 용득한테 얼마나 시달렸을지 불 보듯 뻔했다.

"제 밥벌이하는 거지 어디 나한테 국물 한 방울 돌아온 게 있어? 어디에서 아들 유세야, 유세."

발길질이 시작됐는지 낮은 흐느낌이 문틈으로 새어 나왔다. 의붓아비가 할 줄 아는 거라고는 주먹질과 노름질밖에 없었다. 힘으로야 그깟 중늙은이 단번에 메다꽂을 수 있지만 어미 때문에 어찌지 못했다. 저런 개차반을 서방이라 믿고 사는 어미가 가엽다가도 원망스러웠다. 어미 얼굴도 못 보고 돌아서는 게 마음에 걸렸지만 동이는 등짐에 시선을 떨궜다.

'뭐가 애달파서 저런 사람한테 매여 사는지 모르겠소.'

동이는 그 말을 꾹 눌렀다. 외간 남자와는 눈도 못 맞출 만큼 숫기 없는 어미가 장터에서 술장사하는 것도, 지분대는 사내들의 농을 다 받아 낸 것도 다 자기 때문이라는 걸 알기 때문이었다.

"어매는 아부지가 원망스럽지 않소?"

군말 없이 의붓아비의 행패를 다 받아 내는 어미 앞에서 동이가 할 수 있는 일은 불뚝대며 씩씩거리는 것 말고는 없었다.

"다 제 지은 대로 사는 법이니께. 죄 닦음이라고 여기니 마음 편하다. 어미는 너만 있으면 괜찮다."

그때마다 어미는 혼잣말처럼 웅얼거렸다. 말이 씨 된다더니 어미는 정말 똥개도 안 물어 간다는 팔자에 묶여 모진 세월을 살았다. 말 배운 후에도 동이는 아비라는 말을 한 번도 입에 올리지 못했다.

다시 석 달 후에나 어미를 볼 수 있겠지. 방 쪽을 향해 목례를 하던 동이는 방문을 나오는 어미와 눈이 마주쳤다.

"그간 편히 잘 지내셨죠?"

어미의 민망해하는 얼굴을 보지 않으려고 동이는 등짐에 손을 얹었다.

"이번엔 어데까지 갔다 왔누? 예까지 오려 대구 걷기만 했을 테니 아직 빈속이지? 내 얼른 상 봐 오마."

어미는 헝클어진 머리를 쓸어 넘기고 옷매무시를 가다듬었다. 한두 해 본 것도 아닌데 속이 쓰리다 못해 부글부글 끓었다. 그제야 동이는 국밥 냄새가 나지 않는다는 걸 알아챘다. 의붓아비의 등쌀에 장사는커녕 땟거리에 신경 쓸 짬도 없었을 터였다.

"그깟 게 무슨 대수라고. 지금 어매 몰골이 어쩐지 알기나 하우?"

동이는 괜히 성질을 돋우었다. 이 상황에서도 아들 걱정을 하는 제천댁이 미욱스러웠다. 속에서 올라오는 시뻘건 불덩이를 누르고 동이는 등짐에서 마른미역 한 축을 꺼냈다.

"생신이 며칠 안 남았더라고요. 이걸 전해 드리려고 들렀어요."

미역을 내미는 동이의 손을 보던 제천댁의 눈가가 촉촉해졌다.

'그 사람도 왼손잡이였는데.'

울컥 솟는 감정을 들키고 싶지 않은지 제천댁이 고개를 외로 틀었다.

동이가 다섯 살 되던 해 용득이 집에 들어왔다. 어미한테 지나가듯 아비가 올 거라는 말을 들었지만 동이는 그게 뭔 말인지 알지 못했다. 아침에 나갔다 들어온 사람처럼 다짜고짜 아랫목에 드러눕는 용득이 낯설고 무서웠다. 한뎃잠을 잤는지 부스스한 머리꼴이며 쭉 찢어진 눈매가 사나워 보였다. 하는 양이 어미한테 치근덕대는 사내들과는 사뭇 달랐다. 담뱃진에 전 손가락이 누렇다 못해 시커멨고 얼마나 퍼마셨는지 역한 술 냄새까지 풍겼다. 뒷걸음질 치는 동이의 손을 끌어당기고 제천댁은 등을 보인 채 누워 있는 사내를 가리키며 "아부지다. 잘해 드려야 한다" 그랬다.

그날 이후 의붓아비 용득은 참 한결같았다. 돈 내놓으라 들볶으며 살림살이를 부수다가도 어미한테 몇 푼이라도 뜯어내면 온다 간다 말도 없이 사라졌다. 역마살이 끼어서 그런 걸 어쩌냐, 팔자 도둑은 못 하는 거라며 어미는 용득을 싸고돌았다.

"쪼매만 기다려라. 금방 국수 말아 올 테니."

부엌으로 걸음을 떼던 제천댁은 맞은 데가 결리는지 몸을 움찔했다. 동이는 소맷부리로 눈가를 훔쳤다. 어미 앞에서 국수를 먹어 낼 자신이 없었다. 동이는 주섬주섬 자리에서 일어섰다.

*

사라진 아들 때문에 속 끓일 어미가 마음에 걸렸지만 동이는 걸음을 빨리했다. 원주까지 가려면 어둡기 전에 감악산을 넘어야 했다.

장터 골목을 빠져나와 막 가막재 아랫마을로 접어들 때였다. 갑자기 시커먼 덩이가 달려오더니 순식간에 동이를 덮쳤다. 정신 차릴 틈도 없이 동이에게 주먹세례가 쏟아졌다. 동이는 눈을 질끈 감았다. 난데없는 발길질에 짓이겨진 옆구리가 욱신거렸다. 의붓아비의 매질을 견뎌내는 어미가 떠오르자 차라리 마음이 편해졌다. 졸린 목 때문인지 목울대로 걸린 울음 때문인지 목구멍이 따가웠다.

"내가 널 내쫓았냐? 진짜 그러냐고?"

팔을 사방으로 휘두르는 건 동갑내기 철구였다.

"너 땜에 집 나간 거 아냐. 그럼 됐지?"

"난 안 됐거든. 아비 없는 자식이라고 놀린 게 나 혼자도 아니고 이 동네 사람치고 너네 집 사연 모르는 사람 있냐. 왜 나만 갖고 그 러는데…."

대거리할 생각은 눈곱만큼도 없었다. 되레 흠씬 두들겨 맞으니 원망도, 설움도 다 걷히는 기분이었다. 동이의 눈가에 설핏 잡힌 눈물을 본 걸까? 치켜든 주먹을 슬며시 거둔 철구가 제풀에 바닥 에 널브러졌다. 씨근덕대는 철구의 숨소리가 가깝게 들렸다. 동이 는 몸을 틀어 발치에 나뒹구는 등짐을 끌어당겼다.

"이게 뭐 하는 짓이냐? 심부름 보냈더니 고새 또 쌈박질이나 하 고."

고함에 철구가 먼저 일어섰다. 절구통만 한 허리에 손을 얹고 눈을 부라리는 건 철구 어멈이었다.

"이 자식도 나 땜에 집 나간 거 아니라고 했다고요. 어매는 알지 도 못하면서 맨날 나만 들볶고. 내가 동네북이냐고요?"

철구의 악다구니가 부아를 돋운 건지 철구 어멈은 철구 등짝을 거푸 내려쳤다. 동이가 철구 어멈을 가로막으며 철구를 끌어안았다.

"하룻밤이라도 자고 가지 벌써 나온 거냐? 네 어미가 얼매나 널 기다렸는데, 서방이고 자식이고 누가 어미 마음을 알아주겠냐?"

자기 처지까지 엎어 가며 신세 한탄을 늘어놓던 철구 어멈이 할 말이 있다고 들어가자고 했다. 머쓱했던지 철구가 등짐을 뺏어 지고는 앞서 걸었다. 어미는 비슷한 연배에다 강원도가 고향이라는 이유로 형님 아우 하며 철구 어멈과 가깝게 지냈다. 의붓아비가 수상한 낌새만 보여도 어미는 동이를 철구네 주막에 가라고 등을 떠밀었다.

"동이 왔는데 지짐이 안 붙이나?"

"민다 민다고 하니까…. 캐 놓은 감자도 있으니 내 얼른 한 판 부쳐 내오마."

철구 어멈이 강판에 간 여름 감자에 쪽파와 애호박을 섞어 부친 감자전은 별미 중의 별미였다.

덩치에 어울리지 않게 철구 어멈의 손끝은 빠르고 야무졌다. 이내 주막 안이 고소한 기름 냄새로 가득찼다. 돼지비계로 기름을 두른 가마솥 뚜껑에 부쳐 낸 감자전을 보는 순간 동이는 저도 모르게 군침을 삼켰다.

"장사는 할 만하냐?"

"그저 그렇죠. 뭐."

철구가 냉큼 감자 부침개를 입에 집어넣으며 우물댔다.

"그렇게 싸돌아댕기면 친아부지 비슷한 사람 만날지도 모르겠네. 혹시 비슷한 사람 못 봤어?"

철구가 기름 묻은 손을 앞섶에 쓱쓱 닦으며 동이 옆에 바짝 붙어 앉았다.

"그 사람을 왜 찾아? 나한텐 아부지 같은 건 없어."

동이가 젓가락을 내려놓으며 웅얼거렸다. 찾겠다는 생각이 없어서인지 경기도와 충청도, 강원도 장터까지 죄 돌아다녔지만, 아비 비슷한 사람도, 그런 사람을 안다는 장돌뱅이도 만나지 못했다.

철들기 전만 해도 동이는 아비 없는 후레자식이라고 놀림당할 때마다 곧 양복에 맥고모자, 파이프 담배를 문 멋진 아비가 나타날 거라고 믿었다. 그게 헛꿈이라는 걸 아는 데는 오래 걸리지 않았다.

"그리 말하면 안 된다. 아비 없이 니가 어찌 태어났겠노? 니 어미 팔자도 참 얄궂지, 어쩌다 그런 사내와 엮였는지…."

"어무이도 참, 다 지난 얘기를 뭐 하러 꺼낸대요? 기분 잡치게."

동이를 흘낏 보고는 철구 어멈은 국자로 반죽을 휘휘 저었다.

"가끔 아지매가 우리 집에 한번 들러 봐 주세요. 의붓아버지 땜에 끼니도 못 챙기는 모양이던데."

"니 어매도 참 미련스럽다. 사흘돌이로 부수고 주먹질해 대는 놈팡이가 뭐 볼 것 있다고 그러고 산다냐? 동이 너도 이제 제 앞가림할 나이가 됐으니 어매 데불고 밤도망이라도 쳐라. 딴 여편네 같으면 너 죽고 나 죽자 진즉에 사달이 났을 거다. 참, 서천이랑은 헤어졌담서?"

"괜히 아재한테 걸리적거리는 것 같기도 하고, 석 달 따라댕겨 보니 웬만큼 장사 수완도 생겨서요. 어무이랑 살 집이라도 한 칸

마련하려면….”

동이는 빨리 돈 벌어야 하는데, 서천 아재와 벌이를 나누는 게 성에 차지 않았다. 배은망덕한 일이었지만 그때는 욕심이 앞섰다.

“그럼 그래야지. 서천이한테는 미안해하지 않아도 된다.”

제천댁이 동이 속내를 다 안다는 듯 웅얼거렸다.

서천 아재는 철구의 외삼촌 되는 이였다. 타고난 장돌뱅이인 그는 장터를 누비다가도 어김없이 부모님 제사에 맞춰 철구네 집에 왔다. 떠돌이 처지라 제사상은 누나인 철구 어멈한테 맡기고 제사를 챙기는 걸로 외아들의 의무를 다해 왔다.

올봄이었다. 겨우내 코빼기도 보이지 않던 의붓아비가 거지꼴로 나타났다. 당장 돈 내놓으라고 한바탕 분탕질하고 나간 후였다. 부러진 상다리를 어떻게든 맞춰보려고 안간힘을 쓰는 제천댁을 보며 동이가 불쑥 물었다.

“나랑 도망가 살면 안 되나?”

“집에서 쫓겨나 무작정 찾아 들어간 주막에서 꼬박 이틀 만에 깨어났다 카더라. 송장 치우는 줄 알았다며 길길이 날뛰는 주모한테 밥값에 방값까지 치르고 제천으로 가 보라고 한 게 그 사람이데이. 죽을 두 목숨을 구해 준 은덕을 생각하면 무슨 행패를 부려도 참아야지 싶다. 원망하지 않는데이.”

제천댁의 담담한 말투에 동이는 할 말을 잃었다. 의붓아비 없는 동안은 그럭저럭 견딜 만했다.

그날은 철구네 제삿날이었다. 들고 나간 돈을 노름으로 다 날렸는지 의붓아비가 집에 돌아온 것은 새벽 어스름이었다. 잠결에 제천댁은 문틈으로 들이닥치는 황소바람에 잠을 깼고, 동이는 문짝부서지는 거친 소리에 벌떡 일어났다.

의붓아비는 다짜고짜 고리짝을 뒤졌고 아무것도 나오지 않자당장 돈을 갖고 가지 않으면 주막도 날리고 칼침을 받을 판이라며 제천댁을 닦아세웠다. 제천댁이 없는 돈을 어디에서 만들어오냐며, 이젠 돈 꿔 줄 이웃도 없다고 하자 의붓아비가 정지(부엌)에서 칼을 들고나왔다. 어미 목에 칼을 들이미는 순간 동이는 의붓아비 쪽으로 몸을 날렸다. 어미가 엎어지고 칼은 방바닥에 꽂히듯 떨어졌다. 마음 같아서는 누가 죽든 살든 끝을 보고 싶었다. 그때 누군가 동이를 막아섰다. 제사를 마치고 새벽길을 나서던서천 아재였다.

"미친놈을 상대로 뭘 어쩌겠다고? 젊은 혈기만 내세울 게 아니라 차라리 이런 지옥에서 어미를 구해 낼 방법을 찾는 게 도리지, 어미 앞에서 이 무슨 망측한 짓이냐?"

살기등등한 동이의 팔목을 비틀며 서천 아재가 무섭게 소리쳤다. 갑자기 끼어든 불청객에 놀란 의붓아비가 허둥대며 방을 빠져나갔다.

"개뿔 손에 쥔 게 있어야 뭐든 해볼 게 아니에요. 아재가 뭘 안다고 끼어들어요?"

"뭐 할 생각은 해 봤고?"

동이가 뭐라 대꾸할 틈도 없이 서천 아재는 다짜고짜 동이에게 등짐을 떠안겼다.

"당분간 제가 데리고 다니면서 장사를 가르쳐 보면 어떻겠습니까?"

이대로 뒀다가는 뭔 짓을 저지를지 모른다는 서천 아재의 말에 제천댁은 고개만 주억거렸다. 제천댁은 의붓아비와 부딪치지 않으면 동이도 마음을 잡을 거라고 생각했다.

장사는 만만치 않았지만, 신기하게도 재미났다. 손님들 비위 맞추는 것도, 앞뒤 없는 억지도 참을 만했다.

"누님 말이 네 아비가 장돌뱅이 같다던데 아비 피를 물려받았나 보다. 사람 다루는 재간도 타고난 것 같고."

어른한테 칭찬을 들어 본 게 난생처음이라 어색하고 민망했다.

"우야든둥 아비 찾아 어매 모시고 빨리 살림 한데로 뭉쳐라. 내 생각엔 니 아비 되는 사람은 니가 태어난 줄도 모르는 게 아닌가 싶다. 전국을 손바닥 보듯 하는 장꾼이니 찾자고 마음먹으면 진즉에 널 찾았을 거구먼."

철구 어멈의 말 때문에라도 동이는 마음이 급해졌다. 감악산 너머 원주 화개장터까지 가야 한다는 말에 철구도 마지못해 소맷자락을 놓았다.

동틀 무렵 장터에 도착해 눈 붙일 틈도 없었다. 마수걸이도 한낮이 돼서야 할 만큼 장사 운은 좀체 풀리지 않았다. 옥양목을 들었다 놨다, 살 생각도 없으면서 내내 삼베쪼가리를 조물락거리던 아낙까지 자리를 뜨자 동이도 주섬주섬 물건을 쌌다. 돈 좀 될까 싶어 서산까지 가서 외상으로 가져온 한산모시는 개시도 못 했다.

"오늘 장사도 공쳤구먼. 하여튼 화개장터에서는 한 번도 운빨 좋았던 적이 없다니까."

켜켜이 옹기가 쌓인 지게를 짊어진 옹기장수 장씨 아재가 투덜거렸다.

"그러게요. 아재는 어디로 가는데요?"

"난 대화로 건너갈라는데, 같이 안 갈려누?"

장사보다는 투전판을 더 기웃거리는 장씨 아재였다. 짐 맡겨 놓고 밤샘 투전을 할 요량인 것을 동이도 빤히 알았다.

"저는 하루쯤 더 있으려고요. 내일 바짝 장사해서 외상값이라도 벌어 보려고요."

"선무당이 사람 잡는다 카더니, 쇠털같이 많은 날 쉬엄쉬엄해라. 욕심이 앞서면 동티 나는 법이니까."

장씨 아재가 동이 어깨를 두어 번 토닥였다. 국밥값에다 잠자리나 겨우 해결하는 벌이로 언제 큰돈을 만들지 점점 자신이 없어졌다. 그렇다고 예서 접을 생각은 한 번도 해 본 적 없다. 가진 땅뙈기도 없으니 농사지을 것도 아니고 밑천 없이 몸으로 돈 벌 수 있는 것으로는 장사만 한 게 없기도 했다.

하루 공치니 잠자리 구하는 데 쓸 돈도 아까웠다. 아직 한뎃잠을 자기에 나쁘지 않은 날씨였다. 물레방앗간이나 농막 같은 데를 찾아볼 참이었다.

"오랜만이군."

반가운 목소리에 고개를 드니 석 달 만에 보는 서천 아재가 실웃음을 지으며 서 있었다. 가평 장에서 헤어질 때 경기도 장터를 쭉 돌 거라고 해서 이렇게 만날 줄은 몰랐다. 피붙이와 재회한 듯 반가웠다.

"누님이 여기 어디 있을 거라고 하더니만 헛걸음은 면했네."

미리 알고서 온 듯한 말투였다. 할 말도 있고 오랜만에 회포나 풀자는 말에 동이는 군말 없이 서천 아재를 따랐다. 장꾼이 빠져나간 장터는 한낮의 시끌벅적함이 무색하게 썰렁했다. 장터 골목 끄트머리에 있는 국밥집 안으로 서천 아재가 성큼 걸어 들어갔다. 이른 시간이라 주막 안엔 주모뿐이었다. 서천 아재는 너른 방은 거들떠보지도 않고 뒤꼍 앞에 작은 토방으로 가져다 달라며 국밥과 막걸리 한 동이를 주문했다.

짐을 부리며 서천 아재는 동이에게 장돌뱅이 품새가 제법 난다며 안 하던 농까지 했다. 동이는 칭찬 같아 어깨를 들썩였다. 국밥이 반쯤 남았을 때 서천 아재가 동이를 건너다보며 입을 뗐다.

"네 어머니 고향이 메밀꽃 많은 봉평이라고 했지?"

"그럴 거예요. 무슨 사연인지 메밀국수, 메밀 부꾸미는 입에도 대지 않지만요."

긴한 얘기라도 되는 듯 서천 아재가 잔뜩 뜸을 들였다. 나오지 않는 헛기침도 거푸 하는 게 신경 쓰였다.

"장터에서 몇 번 부딪친 적이 있는 장꾼이 있는데, 그 사람이 이상한 얘기를 하더라고."

동이는 서천 아재가 예까지 찾아온 데는 그만한 이유가 있을 거라 짐작했지만, 부러 무심한 척 술잔을 입에 갖다 댔다. 술이라면 의붓아비 때문에 진저리를 쳤지만, 마땅히 먹을 게 없었다.

"한 달쯤 되었나, 예쁜 아지매가 마수걸이를 해 줘서 그런가 파장 전에 꽤 수입이 올라 모처럼 기분이 좋았어. 술 한잔하고 회포도 풀 겸해서 일찍 주막에 들었지. 한잠 자고 소피가 마려워 밖에 나오는데, 한 장꾼이 바로 마루 끝에 멀거니 앉아 있는 거야. 마침…."

무슨 생각에서인지 서천 아재가 엉덩이를 들고는 방문을 열었다. 산모기가 기승을 부릴 저녁이라 열린 문도 걸어 잠가야 할 판인데 별일이다 싶었다. 열린 문틈으로 너른 밭에 감자꽃이 지천으로 피어 있는 게 보였다.

"그날도 딱 이랬어. 바람도 없는데 어스름한 저녁 빛에 감자꽃이 하얗게 꽃물결을 이루는 게 딱 봉평 메밀밭 같다면서 장꾼이 넋두리를 늘어놓는 거야. 봉평장에 몇 번 다녀 본 적도 있고, 민숭

민숭한데 같이 한잔하자는 장꾼의 말에 어영부영 어울리게 되었지.”

서천 아재가 동이를 한번 힐끗 쳐다보며 남은 술을 마저 마셨다. 무슨 이야기인데 이렇게 사설이 길까? 어미와 그 장꾼과 또 봉평과는 무슨 상관이 있다는 걸까? 동이는 눈을 슴뻑이며 서천 아재의 입만 쳐다보았다.

“봉평장에서 허생원이라는 장꾼이 만나 하룻밤 같이 보내게 됐다는 거야. 새벽녘까지 술 두 동이를 다 비운 터라 허생원도 많이 취했다더군. 그날도 오늘처럼 달빛이 유난스러웠대. 달빛 때문인지 술기운 때문인지 누구에게도 말하지 않은 비밀이라며 허생원이 이야기를 들려줬다는군. 대화장으로 가는 길에 하룻밤 지샐 곳을 찾다가 물방앗간에 들어갔다가 거기서 처음 보는 동네 처녀와 하룻밤을 보냈다는 거야. 워낙 숫기가 없는 양반이라 그날 일이 꿈인 것 같고, 잊지를 못한다고. 그 양반도 참 딱하지. 부부의 연이 고작 하룻밤 풋사랑이라니.”

“그 얘기가 저랑 무슨 상관인데요?”

동이가 눈을 되록거렸다.

“그 처녀가 아무래도 아지매 같아서. 성씨가 흔한 성도 아니고.”

서천 아재는 말끝을 흐리며 문 쪽으로 고개를 돌렸다. 해거름이 짙어져 한낮의 열기 대신 제법 선선한 바람이 불었다.

“그분은 그 처녀를 찾아보지도 않았대요?”

"왜 안 그랬겠어? 달포쯤 지나 도무지 그날 밤 일이 믿기지 않아 봉평으로 다시 돌아왔다는구먼. 봉평에서 성씨 성을 가진 처녀를 찾아가 봤지만 온 식구가 허겁지겁 밤도망을 쳤다는 말만 들었다고 했어. 하룻밤 엇갈린 인연이다, 그렇게 잊자고 했던 모양이야. 그러다 지난해 성씨 집안과 알고 지내는 주모의 주막에서 봉평 처녀 하나가 이틀 묵고 제천으로 갔다는 말을 들었다는군. 그 길로 제천으로 가서 장마다 뒤지고 근처 단양, 충주까지 깡그리 뒤졌는데도 못 찾았나 보더라고. 그날 그 장꾼의 이야기를 곱씹어 보니 그 성씨 처녀라는 분이 딱 네 어머니인 거야."

서천 아재가 말을 끊고 술잔을 들었다. 동이는 도무지 정신을 차릴 수 없었다. 주모가 마침 메밀전을 부쳤다며 들고 왔다.

"이제라도 네 아비를 찾아봐야 하지 않겠나? 만석이를 만나면 무슨 얘기를 들을 수 있을 테고."

서천 아재가 동이 눈을 피하며 메밀 부꾸미에 젓가락을 댔다.

"그분을 만나려면 어떻게 해야 해요?"

동이의 목소리가 떨렸다.

"글쎄다. 달포 전에 횡성으로 해서 대화까지 갈 거라고 했는데. 마침 모레부터 대화장이 서긴 한다만."

밤길이 위험하다고 붙잡는 서천 아재의 손을 뿌리치고 동이는 바로 주막을 나섰다. 무슨 정신이었는지 모르겠다.

한참 후에야 동이는 자신이 낮은 구릉 속에 갇혀 있는 걸 알았다. 눈앞에 펼쳐지는 감자밭 앞에서 동이는 한참 울었다.

*

대화까지 이틀을 꼬박 걸었다. 장터는 제법 북적였다. 동이는 짐 풀 생각도 안 하고 잠깐 다리쉼을 하는 장돌뱅이를 보면 달려가 막손이라는 장꾼을 아느냐고 물었다. 장터 끝에서 끝까지 돌았지만, 오다가다 만나는 인연에 이름은 어찌 아냐고 되레 퉁박을 주었다. 동이는 서천 아재한테 막손이 파는 물건을 물어보지 않은 걸 후회했지만 별도리가 없었다. 지금이라도 등짐을 풀까 어쩔까, 내친김에 봉평까지 갈까, 이런저런 생각으로 머릿속이 시끄러웠다. 해거름이 장마당을 덮었을 때까지 한곳에서 움쩍하지 않았다.

"날 찾는다고? 애송이인 걸 보니 노름빚 독촉하러 온 건 아닌 것 같고."

마흔 중반은 될 듯한 깡마르고 작달막한 사내의 말투는 퉁명스러웠다. 얼떨결에 동이는 절부터 했다. 허생원 얘기를 듣고 왔다는 말에 막손은 나무 그늘로 동이를 끌고 갔다. 뙤약볕을 피해 몇몇 장꾼들이 둘러앉아서 신세 한탄이 대부분인 이야기를 두런두런 나누고 있었다.

"어디 편찮으세요? 얼굴이 안돼 보이는데…."

막손은 아침에 먹은 나물죽이 잘못됐는지 종일 측간만 들락거렸다며 울상을 지었다. 동이는 등짐을 뒤져 꼬깃꼬깃한 약봉지를 꺼냈다.

"저도 잘 체하는 체질이라서 어매가 챙겨 주신 거예요."

약봉지를 건네고 동이는 얼른 주막 쪽으로 달려가 바가지 물을 얻어 왔다.

"초면에 신세까지 지고 면목이 없네. 그러고 보니 자네도 왼손잡이인가 보이. 허생원도 그랬는데. 자세히 뜯어보니 어딘가 좀 닮은 것 같기도 하고."

막손이 동이 얼굴을 흘낏 보고는 약을 입에 털어 넣었다.

"허생원이라는 분이 봉평장에 오실까요?"

"아마 그럴 테지. 그날 밤 메밀밭이 온통 별빛을 흩뿌려 놓은 것 같다고, 방앗간에서의 연사를 밤새 질리도록 얘기했구먼."

막손이 이맛살을 구기며 고개를 절레절레 흔들었다.

"그 밤에 여자분은 왜 물레방앗간에 갔대요?"

동이는 소리를 죽이며 마른침을 꿀꺽 삼켰다.

"뭔 이유인지 나야 모르제. 생원 말로는 울고 있었다고 했는데 아무래도 제 처지가 서러워서 그랬겠지. 그맘때 성 서방네가 밀린 소작료 때문에 살림이 어려웠다는 소문이 파다하게 돌았다니까."

동이의 눈길이 부담스러운지 막손이 벌떡 일어나 나뭇잎을 한 줌 훑었다. 입성이 좋아야 손님들도 좋게 본다며 막손은 고무신을 닦았다. 이내 흙때를 벗고 말간 고무신으로 바뀌었다.

"그래도 울 것까지야 있나요? 살림 어려운 거야 하루 이틀 일도 아니었을 텐데. 얼굴이 고왔다고 하니 전부터 마음에 둔 총각이 있었던 건 아닐까요?"

"그건 아니었지 싶다. 처녀 아버지 되는 이가 혼사 자리를 찾아볼 때도 시집은 죽어도 싫다고 했다니까. 아무래도 그 동네에서 더 이상 살기가 팍팍했던 건 확실해. 아무리 그래도 그렇지, 그렇게 급하게 도망치듯 이사 갈 건 뭐람. 안 그랬음 허생원이랑 다시 만났을 텐데. 안 그런가?"

남의 일에 공연히 열불을 낸 것이 민망했던지 막손이 숨을 골랐다.

"자네도 홀어미 밑에서 컸다던데 어머니한테 아비에 대해 들은 이야기는 없고?"

막손이 동이의 왼손에 설핏 눈길을 주며 물었다.

"이름도 모르고, 얼굴도 잘 기억 안 난다고 그러셨어요. 그래도 죽기 전에 꼭 한번 보고 싶다는 말씀을 몇 번 했던 기억은 나요."

동이 말에 막손이 끙, 하며 신음인지 한숨인지 모를 소리를 냈다.

"자네는 아비 보고 싶은 적 없었나? 그게 인지상정인데."

"처음부터 없어서 별생각 없이 살았어요. 다섯 살 때 들어온 의붓아비가 허구한 날 술주정에 살림살이를 부숴 대는 통에 집 나가고 싶을 때가 한두 번이 아니었지만, 어매 때문에 버텼어요. 험한 술장사 하면서도 저만 바라보고 사셨거든요."

어머니 생각에 울컥했는지 동이가 콧등을 실룩였다.

"벌써 가려고? 예서 하룻밤 묵고 가지. 네 덕에 말썽이던 속도 편해졌으니 내가 아주 싼 주막을 소개해 줌세."

엉거주춤 일어서는 동이에게 대화에서 봉평까지는 70리 길, 고개를 둘이나 넘어야 하는 먼 길이라며 홀리듯 말했다.

"어디서든 잠이 올 것 같지 않아서요. 빨리 소금을 뿌린 것 같다는 메밀밭을 보고 싶기도 하고요."

동이의 얼굴이 발갛게 달아올랐다. 막손은 메밀꽃이 피려면 좀 더 기다려야 한다며 구시렁댔다.

"약값에는 턱없이 부족하지만 이건 내 성의일세."

등짐 안에서 꺼낸 다황(성냥) 한 통을 내밀며 막손은 받아 두라고 채근했다. 손을 내저으며 뒷걸음질 치는 동이 등짐에 막손이 기어코 다황을 찔러 넣었다. 오늘 같은 보름날엔 쓸 일이 없을 테지만 밤길에 다황만큼 든든한 물건은 없다고 했다.

"제 아비일지도 모를 그분 이야기도 들려주셔서 고맙구먼요. 아재 뵈니 제 아비를 만난 것처럼 마음이 좋네요."

막손은 짧은 만남이 아쉽다며 장터 어귀까지 따라왔다.

"허생원이 금방 알아보지 못하더라도 섭섭해하지 말게. 장대 같은 아들이 있을 거라고는 꿈에도 생각 못 했을 테니 말일세. 사람의 인연이라는 게…. 허 참, 허 참"

막손의 말에 동이의 눈가에 설핏 물기가 돌았다.

덧

진구는 야트막한 고갯길 앞에서 밭은 숨을 몰아쉬었다. 서대문 포목점 주인은 다음 달까지 말미를 주면 어떻게든 돈을 마련하겠다며 매달렸다.

'지난달에도 그렇게 말씀하셨잖아요? 땅 파서 장사하는 것도 아닌데 무조건 사정만 봐 달라고 그러면 안 되죠.'

그 말이 목구멍까지 올라왔다. 예전과 별반 다르지 않은 변명이고 돈 나올 구멍이 없다는 걸 뻔히 알면서 너무 뭉그적댔다. 큰아버지는 직접 추궁하는 것보다 성식을 괴롭히는 게 더 효과적이라는 걸 알고 있었다.

'성식 형한테 또 면목 없게 되었네.'

사장의 악다구니를 대신 받아 낼 성식을 떠올리니 입 안이 썼다. 1년 일찍 들어온 성식은 포목점 살림을 사장인 큰아버지보다 더 잘 알았다. 수금이든 거래처 관리든 물건 수급이든 무엇 하나 성식의 손을 거치지 않고는 포목점이 제대로 굴러가지 않았다. 언제부터인가 진구도 큰아버지라는 말보다 사장님이라는 호칭이 더 편했다.

"그만 하세요, 아버지. 돈 때문에 친일 매국노한테 고개 숙이지 마시라고요."

교복을 입은 아이가 들어서며 소리쳤다. 아들에게 못 보일 꼴을 보였다 싶어서인지 사장의 얼굴이 시뻘겋게 달아올랐다.

"물건 넘길 생각이면 사장님의 손해를 최대한 줄여 달라고 부탁해 보겠습니다."

진구의 말에 아들의 눈에서 핏발이 섰다.

"그럴 일 없어. 넌 그만 가 봐."

아들을 몸으로 막아서며 김 사장이 한 팔로 빨리 나가라고 진구를 밀었다. 사장은 수금을 못 하면 아무 물건이라도 들고 오라고 했지만 더 이상 야멸차게 굴 수 없었다. 차라리 밥값도 못 하는 물러 터진 놈이라는 소리를 듣는 게 나았다.

진구는 발끝만 내려다보며 천천히 걸었다. 포목점에 가 봐야 좋을 일도 없었다. 처음 경성 왔을 때의 활기를 잃은 거리는 음산했다. 총독부에서는 일본이 전쟁에서 승리할 거라고 떠들었지만 이기든 지든 아무도 관심이 없었다. 당장 오늘 끼니를 어떻게 해결할지, 공출을 피해 뭐라도 하나 더 건지려고 아등바등했다.

"내가 데려가 일도 가르치고 공부도 시키면 안 되겠나?"

두 해 전, 큰아버지의 말에 진구는 세상을 얻은 것 같았다. 큰아버지는 진구의 우상이었고 집안의 자랑이었다. 충청도 산골 출신에다 학교 문 앞에도 가 보지 못한 큰아버지가 경성에서 내로라하는 포목점 사장이었고, 총독부와 막역한 사이라는 소문이 돌았다. 그래서인지 큰아버지가 고향에 내려온다는 소문만 돌아도 면서기와 이장이 얼굴 한번 보려고 몰려들었다.

큰아버지가 성공한 조선인으로 위상을 높이고 있을 때 아버지는 감당할 수 없는 빚에 허덕였다. 모두 총독부의 조선식량관리령 때문이었다. 가을에 생산된 쌀을 모두 매입해 준다고 해서 빚을 내 농사를 지었는데 막상 뚜껑을 열어 보니 빛 좋은 개살구였다. 수매 가격이 실제 생산비에도 못 미칠 정도로 터무니없이 낮았다. 두 해째 계속된 가뭄으로 아버지의 빚도 감당할 수 없는 지경이 되었다. 그런 아버지를 구해 준 사람이 큰아버지였다. 빚쟁이들을 어떻게 구워삶았는지 이자를 탕감해 줬을 뿐 아니라, 대출 기간도 두 해 늘려 주었다.

빚을 갚아 준 것도 아닌데 그 후 아버지는 큰아버지 말이라면 팥으로 메주를 쑨다 해도 믿었다. 포목점을 키우겠다며 큰아버지가 선산과 농토를 팔아넘길 때도 그랬다. 아버지 형제들이 선산은 문중 재산이니 제멋대로 처분할 수 없다고 항의했을 때도 아버지는 "형님이 잘돼야 집안이 펴는 거지. 나중에 잘되면 설마 모른 척하겠냐? 포목점이 자리 잡으면 조카들 공부도 시켜 주고 선산도 다시 사시겠지?" 그러면서 큰아버지를 감쌌다.

진구가 큰아버지를 따라 경성에 가겠다고 했을 때도 아버지는 큰아버지한테 폐 끼칠 수 없다며 한사코 반대했다. 단식까지 하며 며칠을 졸라서야 간신히 경성행을 허락받았다. 학교만 다닐 수 있다면 무슨 짓이라도 할 작정이었다.

진구가 큰아버지의 말이 말짱 거짓말이라는 걸 알아채는 데는 일주일도 걸리지 않았다. 큰아버지는 광장시장에서 다섯 손가락 안에 드는 포목점을 갖고 있었다. 배달 일만 맡아서 하는 늙다리 총각에 지게꾼 아저씨 셋, 납품과 경리 업무를 하는 아저씨와 보조 누나까지 있었다.

전쟁 전까지만 해도 매일매일 크고 작은 양복점과 포목점에서 모직, 옥양목, 모시, 비단을 구하려고 큰아버지네 포목점을 문턱이 닳도록 들락거렸다. 근처 다른 포목점이 물건을 구하지 못해 문을 닫거나 빚 청산에 헐값으로 팔려나갈 때도 큰아버지의 포목점은 끄떡없었다. 문 닫는 포목점의 재고를 사들인 이들 중 하나도 큰아버지였다.

태평양전쟁이 시작된 후 포목점은 총독부의 뒷배를 업고 군복용 원단을 일본군에 납품했다. 다른 포목점이 망해 갈 때 큰아버지 포목점은 점점 더 사업을 키워 나갔다. 진구 역시 손이 달리니 잠시 잔일 거들면 어떻겠냐는 꼬드김에 시작한 일이었는데, 이렇게 오래 할 줄 몰랐다.

따가운 햇살 때문인지 심한 허기 때문인지 자꾸 발목이 꺾였다. 시장 초입에서 학교 수업을 끝내고 나오는 또래 아이들과 부딪쳤다. 진구는 교복을 입은 또래만 보면 공연히 주눅이 들었다. 교모를 옆구리에 낀 아이들을 보고 진구는 길 바깥으로 비껴 섰다.

"오사카 비행학교에서는 학비에다 생활비까지 준대."

"나도 그 얘기 들었는데 그게 가고 싶다고 갈 수 있는 데가 아니라던데….'"

머리 하나쯤 큰 아이의 말에 다리를 건들거리며 한 아이가 딴지를 걸었다.

"아무나 갈 수 없는데 소년비행단을 모집한다는 기사는 왜 내냐?"

"그건 그렇네. 그나저나 언제까지 모집하는데?"

"그걸 어떻게 공짜로 가르쳐 주냐?"

말을 꺼낸 아이가 달아나자 아이들이 서라고 소리치며 쫓아갔다. 아이들의 말은 눈이 번쩍 뜨일 일이었다. 돈을 받으면서 학교에 다닐 수 있고 비행기 기술을 배워 두면 평생 빌빌대지 않고 살 수 있을 것이다. 큰길이 보이자 진구는 재빨리 전차에 올라탔다.

*

진구가 포목점 안으로 들어서자 장부를 들여다보던 성식이 일어났다.

"많이 늦었네. 오늘도 공쳤지?"

"다음엔 옷감을 가져갈 거라고 한 소리 했어요. 자꾸 곤란하게 만들어서 죄송해요."

"이골이 났는데 뭐. 그깟 잔소리 한 귀로 듣고 한 귀로 흘리면 되는데 쓸데없는 걱정은…."

진구의 거짓말을 다 안다는 듯 성식이 피식 웃었다. 진구가 공부를 계속하고 싶다고 말했을 때 헌책방을 알려 주고 조선어를 알려 준 것도 성식이었다. 영어와 방정식 같은 것을 가르쳐 주기도 했다.

"… 뭐 하나 물어봐도 돼요?"

며칠 동안 고민한 말이지만 쉽게 입이 떨어지지 않았다.

"뭔데? 심각한 거냐?"

"그건 아닌데…."

어물대는 진구를 보며 성식이 마음 내킬 때 언제든지 말하라고 했다. 이왕 내친걸음이라 생각한 진구가 막 말을 꺼내려는 찰나 갑자기 문밖이 시끌시끌해졌다. 둘의 시선이 동시에 문 쪽으로 향했다.

"글쎄 안 된다는데 사장님도 참 대단하시네요."

지게를 짊어진 김씨 아저씨를 뒤따라 칠현동 포목점 주인이 쑥 들어왔다. 진구를 우습게 알고 뻗대는 거라며 큰아버지는 김씨 아저씨를 진구가 허탕 치고 온 포목점에 보내곤 했다. 김씨 아저씨의 지게에는 옥양목 원단이 실려 있었다. 받을 돈 대신 포목점 물건을 실어 온 모양이었다.

옥양목을 찾겠다는 포목점 주인을 떼어 내려고 김씨 아저씨의 이마에 불끈 힘줄이 돋았다. 젊었을 때 읍내 씨름대회에서 황소를 부상으로 받았다는 김씨 아저씨였다. 힘으로 김씨 아저씨를 이길 사람은 없었다. 몇 번이나 버둥거리던 포목점 사장은 힘에 부쳤는지 엉덩방아를 찧고 바닥에 주저앉았다.

포목점 주인은 번번이 일본 놈한테 빌붙어 사는 벌레보다 못한 놈이라고 대놓고 큰아버지를 욕했다. 수십 년을 지켜본 그로서는 당연히 할 수 있는 말이지만 그런 얘기를 듣는 건 적잖이 불편했다. 포목점 주인은 진구가 사장과 친척 관계라는 것을 진즉부터 알고 있었던 게 분명했다.

진구와 포목점 주인의 눈이 마주쳤다. 바짝 마른 입술과 불안하게 흔들리는 눈빛 때문에 진구는 얼른 고개를 떨구었다. 할 말이 있는 듯 진구에게 다가서는 포목점 주인 앞을 김씨 아저씨가 가로막았다.

"안 된다고 그랬잖아요? 사장님이 알면 우리 진구 당장 쫓겨나요."

포목점 주인은 완강하게 버티는 김씨 아저씨를 밀쳐 냈다. 갑작스러운 행동에 김씨 아저씨의 몸이 맥없이 꺾였다.

"진구야, 나 좀 살려다오. 밀린 대금은 내 무슨 수를 써서라도 마련할 테니 이번만은 좀 봐주면 안 되겠냐?"

"제가 무슨 힘이 있다고요?"

진구의 말소리가 흔들렸다. 성식도 장부를 접고 슬금슬금 끼어들었다.

"사장님 조카라는 거 다 안다. 아무려면 조카가 보증 선다는데 딱 잘라 거절하지는 못할 거 아니냐?"

포목점 주인의 목소리가 점점 작아지더니 마지막 말은 거의 들리지 않았다. 진구는 왜 그런 억지를 부리는지 어리둥절하기만 했다. 고개를 치켜든 포목점 주인의 눈가가 유난히 붉었다. 주인은 자리에서 일어나 비척비척 문 쪽으로 걸어 나갔다.

"나중에 사장님한테 잘 말씀드려 볼게요."

성식이 포목점 주인을 뒤따라가며 달래듯 말했다. 머쓱해진 김씨 아저씨가 몸을 굽혀 흩어진 옥양목을 추렸다. 난리 통에 흙이라도 묻을까 조심스러운 손길이었다. 옥양목이 있다고 소문이 나면 당장이라도 팔려 나갈 만큼 요즘 들어 옥양목은 더 귀했다.

전시 체제가 되면서 군수물자 확보를 위해 원면 수입을 일절 할수 없었다. 사람들의 불만이 커지자 총독부에서는 혼방 직물을 쓰라는 식으로 사람들을 구슬렸다. 심지어 인조견으로 만든 국민복이 효율적이고 새로운 유행이라며 선전까지 했다. 번쩍번쩍 광택이 심한 인조견은 광목 같은 천연섬유에 비해 값도 비쌌다. 질기지도 않고 양잿물에 빨면 쭈그러들기까지 해서 사람들의 반응은 싸늘하기만 했다.

"저 사장님도 어지간히 속이 탔나 보네요."

"말 들어 보니 딱하긴 하더라."

거칠게 대하던 김씨 아저씨답지 않게 깊은 한숨을 몰아쉬었다.

"사장님한테 무슨 일이 있었던 거죠?"

김씨 아저씨가 지게 위에 걸터앉았다.

지난달 포목점 주인의 아들에게 징용장이 나온 게 발단이었다. 담당 경찰국에서도 군대에 보낼 것인지 징역살이를 시킬 것인지 결정하라며 협박했다. 징용을 거부하면 바로 감옥행이었다. 며칠 전엔 경찰국의 지시를 받았는지 먼 친척이라는 순사가 집까지 찾아왔다고 했다. 아들을 전장에 보내면 몰수됐던 선산 땅을 되찾는 데 힘써 주겠다, 제대하면 아들에게 경성부청에 자리를 마련해 주겠다며 꼬드겼다는 말도 했다.

"난 학교에 보내 준다면 뒤도 안 돌아보고 군대 갈 것 같은데…. 거기 갔다 오면 좋은 자리도 준다는데 왜 그 아들은 징용 안 간대요?"

진구의 말에 김씨 아저씨가 콧등에 잔뜩 주름을 만들었다. 뭘 잘못 했나 싶어 진구의 볼이 씰룩댔다.

"진구 너, 참 큰일 날 생각을 하고 있네."

"제가 왜요?"

진구 얼굴을 한참 빤히 보던 성식이 입을 뗐다.

"이번 전쟁이 누구를 위한 거냐?"

"당연히 대일본제국이죠."

"넌 네가 일본인이라고 생각하니?"

진구는 입안을 맴돌던 '네'라는 말을 뱉을 수 없었다.

"조선 사람이 왜 일본인 대신 전쟁에서 싸워야 하는데…. 그런 생각 안 해 봤어?"

성식의 말에 느닷없이 매질을 당한 듯한 충격을 느꼈다. 태어날 때부터 조선인이라는 말보다는 내선인이라는 말을, 일본과 조선은 하나라는 말을 귀가 닳도록 들었다. 왜 당당하게 일본인이라는 말을 하지 못했을까?

김씨 아저씨가 배달 가겠다며 목수건으로 엉덩이를 탈탈 털었다. 소년비행단 이야기를 물어보지 않은 게 다행이었다.

*

수금 상황을 보고하러 집에 들렀던 김씨 아저씨가 진구에게 큰 아버지가 찾는다고 했다. 요 며칠 수금을 전혀 하지 못한 터라 진구의 머리가 하얘졌다. 낮에 부르는 것은 좀체 없는 일이라 더 그랬다. 집 주위를 한 바퀴 돌았다. 시간을 늦추려는 듯 진구는 한참 늑적댔다.

깊게 숨을 들이마신 뒤에야 진구는 대문을 들어섰다. 댓돌 위에 처음 보는 낯선 구두가 놓여 있었다.

"이렇게 질질 끌면 곤란하다고 했잖소? 언제까지 뒤치다꺼리해야 하는 거요?"

몹시 격앙되었지만, 쇠를 긁는 듯한 말소리는 낯익었다. 큰아버지가 포목점을 키우는 데 길을 내줬던 경성부청 내무과장이었다. 미리 약속된 방문은 아닌 듯했다. 내무과장이 올 줄 알았으면 큰아버지가 진구에게 다녀가라는 말을 하지 않았을 것이다.

"그게…. 말씀드렸다시피 자식이 지금 요양차 시골에 내려가 있습니다. 이왕 기다려 준 김에 조금만 더 기다려 주면 안 되겠습니까? 무슨 수를 써서라도 누가 되지 않게 하겠습니다."

"내가 막아 줄 수 있는 건 여기까지요."

역시 내무과장이었다. 한말 궁내부의 관리였던 조부의 영향도 있겠지만 조선인으로 그만한 자리까지 올랐다는 게 대단한 일이라며 귀에 딱지가 앉을 정도로 들었다. 한참 동안 아무 말소리도 들리지 않았다.

사촌 형 민구가 아프다는 건 말도 안 되는 거짓말이었다. 방학이 되자 민구는 물 만난 고기처럼 패거리와 어울려 당구장과 다방을 훑고 다녔다. 큰아버지는 누구를 닮아 저 모양이냐고 화를 냈고 큰어머니는 아들을 기죽이면 안 된다고 몰래 돈을 쥐여주었다. 한 달 전, 민구가 집을 떠나던 날에도 그랬다. 전날 밤늦게 들어온 민구는 큰아버지에게 불려 갔다. 고향에 절대 못 가겠다며 뻗대던 민구는 무슨 말을 들었는지 이튿날 아침에 잔뜩 풀죽은 모습이었다. 민구는 책가방 대신 여행 가방을 들고 있었다. 민구 일이라면 손거스러미만 일어나도 울고불고했을 큰어머니도 어쩐 일인지 손수건으로 눈두덩이만 찍어 누를 뿐 조용했다.

갑자기 학교를 그만둔 것도, 느닷없이 시골에 내려간 일도 앞뒤 안 맞는 일이었다. 그날 일이 떠올라 진구는 똥종이 대신 짚으로 뒤를 닦은 것처럼 찜찜했다.

"이 사장님이 어떻게 하느냐에 따라 내 목이 왔다 갔다 한다는 것만 알아 두시오."

"잘 알지요. 학교하고도 대충 이야기가 끝난 상태니, 걱정하지 마십시오."

말과 함께 방문이 열렸다. 내무과장을 뒤따라 나온 큰아버지가 진구를 발견하고 얼굴을 확 붉혔다.

"형과 따로 연락한 적 있나?"

내무과장이 진구에게 다가서며 능글맞게 웃었다. 큰아버지가 진구에게 빨리 들어가라는 눈짓을 보냈다. 큰어머니는 두 손을 비비며 방 안을 불안하게 왔다 갔다 했다. 민구는 잘 지내냐는 말에 큰어머니는 들은 척도 하지 않았다. 큰길까지 내무과장을 배웅하러 나간 큰아버지는 한참 만에 돌아왔다.

"다음 주부터 학교에 나갈 수 있게 됐다. 준비는 다 해 됐으니 그리 알아라."

"옛?"

무슨 영문인지 몰라 진구는 눈알만 굴렸다. 뭘 잘못 들었나, 진구는 제 귀를 의심했다.

"학교 보내 준다고 약속했잖냐? 기억 안 나냐?"

"그게…. 그러면 가게는요?"

"그런 걱정을 네가 왜 하냐? 우리가 다 알아서 할 텐데."

큰어머니가 입을 씰룩거렸다.

"민구 형은요?"

"곧 올라오도록 해야지…."

별스러운 말도 아닌데 큰아버지가 헛기침을 계속했다. 큰어머니가 어색한 분위기를 느꼈는지 장롱 속에서 종이 뭉치를 꺼내 큰아버지 앞에다가 펼쳤다.

"네 큰아버지가 이번 일 성사되게 하려고 뭔 일까지 한 줄 아냐. 여보, 얼른 보여 주지 뭐 하세요?"

"뭐 대단한 일이라고? 하여튼 여자들이란…."

종이 뭉치를 펼치는 큰어머니에게 큰아버지가 눈을 할끔거렸다.

"이제부터 진구도 우리 식구나 마찬가지인데…. 이것 덕분에, 학교에 가게 된 거다."

"그게 뭔데요?"

"진구 네가 이제 이정식 아들이 아니라 이정남 아들이란 증명서지. 여기 봐라."

큰아버지가 내민 호적등본에는 '자(子)'라고 표시된 칸에 민구 아래 진구 이름이 버젓이 쓰여 있었다.

"네 큰어머니가 그렇게까지 할 필요는 없다는데도 내가 우겼다. 뭐든지 문서로 남겨 두는 것만큼 확실한 건 없으니까."

진구의 입이 벌어지는 걸 보고 큰아버지는 학교에 보내려고 지난봄부터 준비했다고 덧붙였다. 시골 있을 때도 자식이 없는 큰집에 작은집 둘째가 양자로 들어가는 것은 드문 일이 아니었다. 진구는 겨우 학교에 보내기 위해 호적까지 팠다는 게 이해할 수 없었다.

"네가 이정식의 아들이라는 사실이 달라지는 건 아니니까 걱정하지 마라. 이런 건 다 종이 쪼가리에 불과하다. 애 놀라게 이건 왜 꺼내 가지고 와서는."

큰아버지의 눈초리가 사나워졌다. 진구는 가슴을 쓸어내렸다. 큰아버지의 장담처럼 학교 들어가는 데 필요한 문서에 불과할지도 몰랐다.

"아예 오늘부터 민구 방으로 옮기는 건 어떠냐? 행주댁한테 새 이불로 준비하라고 얘기해야겠구먼."

큰아버지의 지청구를 모면하려고 큰어머니의 말소리가 나긋해졌다.

"그러면 민구 형이랑 같은 방 쓰는 거예요?"

"민구야 얼마 후엔 곧 떠날 거…."

큰어머니의 목소리가 가늘게 떨렸다.

"그런 건 차차 생각하고 학교 갈 준비하려면 돈이 필요할 거다. 옷도 한 벌 사고."

큰아버지가 큰어머니의 말을 끊고 돈 봉투를 내밀었다. 진구는 학교에 다니는 것만 해도 감사하다며 무릎걸음으로 뒷걸음질 쳤다. 아들한테 주는 첫 용돈이라고 생각하라며 큰아버지는 기어코 돈 봉투를 쥐여 주었다.

"뭔 일 있냐? 야가 정신이 쏙 빠졌네."

진즉부터 방 밖에서 안쪽을 살피던 행주댁이 댓돌을 내려서는 진구를 쳐다보며 말했다.

"나보고 학교에 가래요. 내 볼 좀 꼬집어 주세요. 아무래도 꿈 같아서…."

"개똥 취급하더니 웬일이냐? 뭔 사연인지 모르겠지만 너한테는 잘된 일이다. 돈 한 푼 안 받고 일한 것만 쳐도, 학교 보내 줄 만하지 뭘 그러냐. 눈 딱 감고 보내 준다 그럴 때 못 이기는 척 그냥 가라."

행주댁은 잘된 일이라며 진구의 등을 두드렸다. 후끈한 바람에 땀이 삐질삐질 나는데도 자꾸 웃음이 났다.

믿기지 않아 진구는 몇 번이나 제 볼을 꼬집었다. 공중에 붕 뜬 것처럼 후들거리는 걸음으로 포목점에 도착했다. 김씨 아저씨와 성식이 얼빠진 진구에게 뭔 일이냐며 닦달했다. 진구가 털어놓는 애기에 성식과 김씨 아저씨 역시 믿기지 않는 눈치였다. 김씨 아저씨는 당장 일손이 달리겠지만, 사장이 이제야 조카한테 해 줄 일을 하나 보다며 제 일처럼 기뻐했다. 골똘하게 생각에 빠져 있던 성식도 입을 열었다.

"무슨 꿍꿍인지 모르겠지만 너한텐 잘된 일이다."

"아저씨랑 형한테 미안해서 그러죠."

"우리 일은 우리가 알아서 해야지. 네가 미안해할 일이 아니야."

두 사람의 말에 진구는 어색하게 웃었다.

*

진구는 평일에는 학교에 가고 일요일에는 가게로 나갔다. 뒤처진 수업을 따라가려면 날밤을 새워야 했지만, 처음부터 마음먹은 일이었다. 학교 다니게 해 준 은혜를 갚으려면 그 정도 고생은 감내할 작정이었다. 일요일마다 나오는 진구에게 성식도 김씨 아저씨도 주인인 큰아버지가 알면 큰일이라며 만류하는 척만 했다. 가게 일은 걱정하지 말라더니 큰아버지 역시 진구가 빠져나간 구멍을 채울 생각은 애당초 없는 것 같았다.

성식의 눈이 계속 진구의 구두에 한참 머물렀다. 큰어머니가 미쓰코시백화점에서 사 왔다고 잔뜩 생색냈던 그 구두였다.

"옛날이랑 처지가 달라졌으니까 격에 맞아야 한다며 큰어머니께서 사 주셨어요."

묻지도 않은 말에 뭔 변명이냐며 성식이 진구의 어깨를 쳤다.

"이제 제법 학생티가 나네. 공부하는 건 안 힘들어?"

"따라갈 만해요. 그 동안 본 책들이 많이 도움이 돼요."

"동무들이 따돌리고 그러진 않지?"

"그럼요. 몇이랑은 말도 섞어요. 선생님들도 다 잘해 주시고요."

진구가 얼굴을 붉혔다. 큰아버지는 진구가 다닐 학교로 민구가 다니던 학교에서 멀리 떨어진 중앙고등학교를 정했다. 경성방직의 전 사장인 김성수가 인수한 학교였다. 이번 편입에 경성방직과 오래 거래해 온 큰아버지의 위세가 작용했을 것이다. 행주댁은 진구를 학교에 넣는 데 뭉칫돈이 들어갔다고 큰어머니가 생색냈다는 말도 들려줬다. 전차장에서 내려서도 족히 30분을 걸어 등교하는 것도 불평거리가 되지 못했다. 오히려 자신을 배려해 준 것 같아 고맙기까지 했다.

점심때가 지나서 한숨 돌리는데 오 사장과 근처 사람들이 몰려왔다. 가게를 접은 후에도 오 사장은 하루도 거르지 않고 시장에 나타났다. 오 사장은 포목점에서 물건을 싸게 사서 지방 포목점으로 내려보내는 일을 했다. 큰아버지를 좋아하지 않으면서도 목구멍이 포도청이라 어쩔 수 없이 거래한다는 걸 숨기지 않았다.

"학교 들어갔다는 소식은 들었다. 공부는 재밌냐?"

"체련 수업은 좀 힘들지만 다른 건 다 재밌고 좋아요."

진구의 입에서 바람 빠지는 소리가 났다. 진구는 체련 수업에서 하는 여러 훈련에 관해 이야기했다. 태평양전쟁에서 일본군이 밀리고 있다는 건 조선의 사회주의자들이 떠벌린 헛소문이라고 학교와 총독부에서 입단속을 시킨다는 말은 하지 않았다.

"뭐 학생들까지 군사 교육을 한다고? 본토 일본인만으로는 병력이 턱없이 모자라서 곧 징병제를 시행할 거라더니 맞는가 보네. 조센징이라고 멸시할 때는 언제고 자기들이 필요하니까 투표권을 준다고 꼬드기나 하고. 하여튼 얼척없는 일이야."

"그러게나 말이에요. 높은 놈들이 다 친일파인데 그깟 투표권으로 뭐가 달라지겠어요?"

사람들이 국가 총동원령 때문에 숟갈과 놋요강까지 빼앗긴 터라 먹을 것도 아닌 투표권으로 꼬드긴다는 말을 귓등으로 들었다.

오 사장은 거짓말이 아니라며 들고 왔던 총독부 관보《매일신보》를 펼쳤다. 멀찌감치 떨어져 다리쉼을 하고 있던 사람들이 오 사장 주위로 몰려들었다.

"다 눈 감고 아웅 하는 거지. 우리를 아주 멍청이 바보로 안다니까. 이봐, 이 기사에서도 그렇잖아?"

조선인도 일본 신민으로서 징용의 의무를 지고 있으니, 내년 중의원 선거에서 투표권을 행사할 수 있게 해 주겠다는 총독부 담화문을 담은 신문 기사였다. 왜 남의 전쟁에 죄 없는 조선인들이 끌려가야 하냐며 사람들이 분통을 터트렸다. 서민들과는 달리 총독부의 나팔수가 된 문인들과 교육계 인사들이 징병을 독려하는 모습을 크게 다룬 기사에도 너나없이 열불을 냈다.

병역의 의무를 치르고 나면 완전한 국민이 된다. 병역을 안 치른 국민은 반편(반쪽)이다. 우리 조선 젊은이들에게 일본 제국을 위해 전사가 된다는 건 얼마나 영광된 일인가?

오 사장이 신문에 실린 소설가 이광수의 글을 큰 소리로 읽었다.

"이런 썩을 놈을 봤나? 제 자식을 보내라고 그러면 '앗 뜨거워' 할 놈들이 터진 입이라고 잘도 떠드는군."

"이광수 저놈의 주둥아리를 뽑아 버리고 싶구먼."

사람들이 오 사장의 말에 맞장구를 쳤다.

"며칠 전 반상회에서는 무슨 얘기까지 나온 줄 알아요? 한 시간만 빨리 불을 끄면 비행기 50대에 들어가는 알루미늄을 만들 수 있다나 뭐라나…."

경리 업무를 보는 아저씨였다. 좀체 사람들 이야기에 끼어들지 않는 아저씨라 사람들이 죄 뜨악한 얼굴을 했다.

"하루에 쌀 한 컵 덜 먹으라는 건 어떻고? 밥도 조금 먹어라, 전등도 켜지 마라, 총독부 하는 짓 보면 사람을 기름 짜듯이 한다니까. 에휴…. 참 거시기하네."

열불이 났는지 사람들의 입에서 씩씩대는 소리가 터져 나왔다.

"그래도 어쩌겠는가? 목숨만 부지하더라도 살아남아야지, 그러다 보면 좋은 세상도 오겠지."

"암요."

오 사장의 그 말에 다들 고개를 주억거렸다. 어느새 조카를 비싼 학교 공부까지 시키는 걸 보고 다시 봤다는 둥, 이번에 창신정에 군복 공장도 인수한 걸 보면 사업 수완이 대단하다는 둥 큰아버지 이야기로 옮아갔다. 틀린 말도 아니었지만, 진구는 내내 좌불안석이었다. 사람들이 양자로 입적했다는 것까지는 모르겠지 싶으면서도 도둑이 제 발 저렸다.

"진구야, 나랑 어디 좀 같이 가자?"

김씨 아저씨가 지게에 광목 두 통을 얹으며 말했다. 진구가 김씨 아저씨가 눈으로 가리키는 옷감 뭉치를 들고 일어섰다.

한 달째 계속된 가뭄 때문인지 걸음을 뗄 때마다 눈앞이 자욱할 만큼 마른 먼지가 일었다. 김씨 아저씨와 진구는 몇 번이나 뒷걸음질로 걸었다.

"사장님이 너한테도 포목점 물려준다고 하더냐?"

"무슨 얘기 들으셨어요?"

"그런 건 아닌데…. 사장님 너무 믿지 마라. 천륜은 쉽게 끊어지는 거 아니다. 집에는 자주 편지하냐?"

"아니요. 저만 잘 먹고 사는 것 같아 죄송해서요."

"그럴수록 더 자주 소식을 전해야지. 네 아버지도 자신이 못나서 자식을 팔았다는 자책감으로 바짝바짝 말라 가고 있을 거다."

형의 편지가 떠올라 눈두덩이가 묵직해졌다. 형은 공출 때문에 식구들이 들들 볶이는 걸 보고 있자니 하루하루가 지옥 같다고 했다. 공출량을 채우기 위해 구장들을 동원해 협박하는 것도 모자라 얼마 전엔 공출독려반까지 만들었다고 했다. 그들은 잊을 만하면 나타나 곳간, 아궁이, 장롱까지 죽창으로 쑤셨다. 옆집은 공출을 피해 종자로 남겨 둔 볍씨랑 옥수수 씨앗을 땅속에 숨겼다가 들켜 주재소에 끌려가 곤죽이 되도록 매타작을 당했다.

또 편지에는 이웃 마을에서 묘를 파고 종자를 숨겼다가 불령선인 딱지를 붙여 큰아들이 일본 광산에 끌려갔다는 이야기와 세상이 어떻게 될지, 언제까지 이렇게 살아야 하는지 구구절절 한탄이 섞여 있었다.

형은 편지 말미에 마을 청년들이 돈을 벌게 해 주겠다는 면서기의 꼬드김에 일본 탄광이나 미쓰비시 같은 군수공장에 신청서를 내고 있다고 했다. 매일이 고통인 형에게 학교에 다니게 됐다고 말하는 건 상처에 소금을 뿌리는 일이었다.

"야, 너 이진구 맞지? 우리 동네엔 웬일이냐?"

골목길을 걸어 나오던 아이가 불쑥 앞을 가로막았다. 같은 반 형섭이었다. 형섭은 소문난 우등생이었다. 일본인 선생님들조차 형섭을 건드리지 않았다. 한 번도 따로 말을 섞은 적이 없는 아이였다. 데면데면, 어색한 진구와는 달리 형섭의 얼굴에는 반가운 기색이 확연했다.

"어… 어. 볼일이 있어서."

"혹시 아버님이셔?"

김씨 아저씨가 뭐라 말하기도 전에 형섭이 꾸벅 인사했다.

"그런 건 아니다만, 진구한테 잘 대해 주면 좋겠구먼."

"선생님들도 아이들도 진구한테는 엄청나게 잘해 줘요. 아마 우리 반 아이 중에 교장이랑 제일 친할걸요. 조퇴도 말만 하면 허락해 주고."

김씨 아저씨의 입이 벙글어졌다. 진구는 딱 꼬집을 순 없지만, 형섭의 말에서 가시 같은 걸 느꼈다. 교장 선생님 이야기를 슬쩍 얹어서 학교에서 무슨 혜택이라도 받는 것처럼 말하는 것도 영 께름칙했다.

사실 입학하는 조건으로 큰아버지가 학교에 꽤 큰 돈을 후원했다는 말은 첫날 교장 선생님에게 들었다. 그 때문인지 진구가 큰아버지의 심부름으로 조퇴할 때마다 담임 선생님은 군말 없이 내보내 주었다. 솔직히 진구는 특혜라는 느낌보다 아무 때나 불러내도 되는 종업원 취급을 받는 것 같아 속상했다. 부청 세무과장이나 총독부 내무과에 가서 납품 증서를 받아오는 일이 고작인 심부름이었는데 굳이 큰아버지는 수업 시간에 학교로 전화를 걸어 불러냈다.

"이 사장님은 총독부에 황금이라도 박아 둔 모양이야. 얼른 다녀와라."

그때마다 경멸 섞인 담임 선생님의 말과 눈초리에 진구는 후드득 몸을 떨었다.

"내가 너 귀찮게 하려고 그런 심부름 보내겠냐. 우리 집 아들이니 앞으로 잘 봐 달라, 눈도장을 찍으려고 그러는 거지."

한번은 어렵게 큰아버지한테 납품 서류를 내밀며, 수업 끝나고 심부름 다녀오면 안 되겠느냐고 말했을 때, 큰아버지가 한 대답이었다.

"이 골목에서 왼쪽으로 꺾어서 들어가면 봉제공장 간판이 있을 거야. 내일 학교에서 보자."

형섭이 마치 가는 곳을 알기나 한 듯 말했다. 순간 진구의 얼굴이 벌겋게 달아올랐다.

"참 싹싹하고 인사성도 바른 친구네."

남의 속도 모르고 김씨 아저씨가 벙싯거렸다.

*

며칠 뒤 형섭이 운동장으로 불러냈다. 철봉에 거꾸로 매달린 형섭이 진구를 보고 몸을 비틀어 뛰어내렸다. 형섭은 공부만 잘하는 게 아니라 체련 시간에 목총으로 총검술을 배울 때도 늘 앞에서 시범을 보이곤 했다.

"나 네가 포목점 점원인 거 알고 있었어. 진짜 아들이 아니라는 것도."

진구는 얼굴이 굳어져 석고상이 되는 기분이었다. 형섭은 진구를 한번 힐끗 보고는 앞장서 걸었다.

"어떻게 알았는지 왜 안 물어봐?"

"언제부터 알고 있었는데?"

"네가 경성 왔을 때부터."

형섭에게 놀라나는 기분이 들었다. 왜 모른 척했냐고 물어볼 필요도 없었다. 형섭이 줄줄 털어놓았기 때문이다. 진구는 몸보다 먼저 휘청거리는 마음 때문에 형섭을 똑바로 바라볼 수 없었다.

"서대문 포목점 사장님이 우리 아버지야. 네 큰아버지 덕분에 포목점은 망했고, 형은 자원입대했어. 그 덕에 나는 계속 학교에 다닐 수 있게 된 거고. 네가 포목점 점원이라는 거 아무한테도 말 안 할 테니까 걱정하지 마. 네가 양자로 들어가고 싶어서 들어간 것도 아닐 테고…"

진구는 묵직해지는 눈가를 들키기 싫어 고개를 떨궜다. 비밀을 들켰다는 수치심보다 위로받는 기분이었다.

"피도 눈물도 없는 수전노라고 소문난 네 큰아버지가 왜 널 학교에 보내 준 것 같아?"

뜬금없는 형섭의 말에 진구는 모골이 송연해졌다. 학교에 보내 준 속셈이 있을 거라니. 진구는 한 번도 큰아버지를 의심해 보지 않았다. 큰아버지가 자신에게 했던 약속을 지키는 것이라고 믿었다. 그러고 보니 성식도 김씨 아저씨도 큰아버지를 너무 믿지 말라는 말을 여러 번 했다.

"네 사촌 형 일본에 유학하러 갔다며?"

진구는 대답 대신 고개를 끄덕였다.

"그 비슷한 시기에 넌 학교에 들어온 거고?"

"내가 학교 들어가고 난 뒤에 2주쯤 뒤였던 것 같은데….."

"역시 내가 생각했던 대로구나."

"우리 큰아버지한테 뭔 속셈이 있다는 거야?"

"종업원에 불과한 너를 왜 갑자기 학교에 보냈을까, 이상하다고 생각해 본 적 없어?"

다리 힘이 풀려 진구는 벤치에 무너지듯 걸터앉았다. 혼란스러웠다.

"옆집 사는 형들이 징용에 끌려갔어."

앞뒤 없는 말에 진구는 형섭을 노려보았다.

"봉제공장 다니는 형들이었어. 노동자도 군인과 마찬가지로 징병의 의무를 져야 한다는 거지. 국민징용령에 따르지 않는 사람들은 감옥에 가거나 광산에 끌려간대."

형섭의 말 뒤에 숨긴 저의를 짚어 보느라 진구는 뒷골이 쑤셨다.

"한 집에 한 사람은 의무적으로 가야 한다고 하더라. 그냥 네 걱정이 돼서. 당장 영장이 나온 것도 아니니까 지레 걱정하지 말고. 어쨌든 난 너한테 감정 없어."

형섭은 나라가 어떻게 돌아가고 있는지, 전황이 어떤지 다 아는 눈치였다. 진구의 마음을 읽기라도 한 듯 형섭이 본국 신문에 다나온다고 했다. 학교 도서관에 가면 그 신문들을 볼 수 있냐는 진구의 물음에 형섭이 피식 웃었다.

"공부하다가 모르는 것 있으면 찾아와. 참고로 난 수요일 오후와 토요일 오후에는 도서관에 있어. 그만 들어가자."

형섭은 자기 말만 끝내고 성큼성큼 앞서 걸었다. 진구는 제자리에서 한 발짝도 움직일 수 없었다. 만약 민구가 유학하러 갔으면큰아버지의 가짜 아들인 자신이 징용에 끌려가야 하는지 물을 엄두도 나지 않았다. 눈앞이 캄캄해지는 느낌이었다.

*

경리 아저씨와 날품팔이 짐꾼들까지 돌아가자 진구는 장부 정리를 하는 성식이 듣든 말든 형섭 이야기를 늘어놓았다. 김씨 아저씨가 길가에서 만난 친구는 잘 지내냐는 말을 꺼낸 게 말문을 틔웠다. 성식이 그게 누구냐고 물었다. 며칠 전 일을 김씨 아저씨가자랑하듯 말했다.

"서대문 포목점 아들이랑 그렇게 부딪치다니 놀랍다. 너한테 원한을 가질 만도 한데 그렇게 말하는 걸 보면 아저씨 말대로 괜찮은 아이 같다. 평상시 정 사장님이 우리 사장님 같은 사람은 인간취급도 안 하셨거든. 그런 분 아들이라니까 너한테 해 될 것 같지도 않고. 학교에서 힘든 일 생기면 그 친구한테 물어보고 그래라."

성식이 보지도 못한 형섭을 그렇게까지 칭찬하다니, 뜻밖이었다.

"저도 그러려고요. 경성도서관에 자주 간다니까 한번 가 보려고요."

진구는 지난주에 위치도 알았으니 꼭 가겠다고 다짐하듯 말했다.

"급한 일 다 끝났는데 우리 자전거 타러 갈래?"

"지금요?"

"너무 늦어서 안 되려나?"

"그게 아니라…. 형이 피곤하니까 그렇죠. 종일 엄청나게 바빴잖아요?"

"그런 이유라면 괜찮아. 일단 나가자."

근처 소학교 운동장엔 공을 차는 아이들 몇몇이 보였다. 진구는 고향 동생을 떠올렸다. 지금쯤 아버지와 형은 논일을 나갔을 테고 여동생은 먹을거리를 찾아 골짜기를 헤매고 다닐 터였다.

"자전거 타는 거 가르쳐 주려고."

태워 주겠다는 것도 아니고 가르쳐 주겠다니. 믿기지 않아 진구는 눈만 씀벅였다. 성식의 자전거 사랑이 얼마나 유별난지 아는 터라 더 그랬다. 물론 한가한 시간에 태워 달라고 하면 거절하거나 핑계를 대며 빤질거리지는 않았다. 성식은 자전거를 장만하고부터는 출퇴근이 몇 배나 빨라졌고, 전차비도 절약할 수 있을 뿐 아니라, 다리 근육이 탄탄해졌다며 진구에게도 돈 모이면 자전거부터 사라고 권하기까지 했다.

"정말로요?"

"그럼 거짓말 같아?"

성식은 잇몸이 드러나도록 환하게 웃었다.

성식은 자전거를 나무에 기대 세웠다. 무작정 덤비는 것보다 위험한 게 없다며 성식은 자전거의 구조부터 알아야 한다고 했다. 진구도 자전거 여기저기를 가리키며 하나라도 더 알려 주려는 성식의 말을 놓치지 않으려고 애썼다.

드디어 성식이 자전거 안장을 두드렸다.

"내가 뒤에서 잡아 줄 테니까 안심하고 천천히 페달을 밟아."

안장에 닿은 사타구니가 찌르르했다. 끼익 소리를 내며 자전거가 조금씩 앞으로 나갔다. 뒤에 성식이 있다고 생각하니 마음이 놓였다. 운동장을 한 바퀴 돌고 나니 조금 더 자신감이 생겼다. 다리에 힘이 붙고 요령이 생기자 속도도 났다. 성식이 자기 몰래 자전거 탔던 거 아니냐며 우스갯소리를 했다. 뭘 잘못했나 싶어 진구는 얼굴이 벌게졌다. 얼마쯤 지나서는 성식이 잡아 주지 않아도 너끈히 혼자 자전거를 탈 정도가 됐다. 앞에서 바람을 맞을 때는 저도 모르게 가슴이 펴졌다. 바람이 이마를 스칠 때는 입에서 절로 휘파람이 나왔다.

"몸이 재니 빨리 배울 거라고는 예상했지만 너 보면 엄복동도 울고 가겠다."

엄복동은 20년도 더 전에 '전 조선 자전거 경기대회'에서 일본

선수들을 물리치고 우승한 사람이다. 마지막으로 성식은 체인이 벗겨지거나 펑크가 나고 앞바퀴가 빠졌을 때 대처하는 방법부터 타이어 바람 채우는 법, 녹 제거법까지 찬찬히 알려 주었다.

여름이라 해가 길었는데도 어느새 주위가 어둑해졌다. 집에 가자며 성식이 자전거 손잡이를 진구 앞으로 돌렸다.

"이제부터 이 자전거, 네 거야."

"무슨 말이에요?"

무슨 낮도깨비 같은 말인가 싶어 진구는 얼떨떨했다.

"나한테는 더 이상 필요 없는 물건이야. 네가 나 대신 타 주면 좋겠기에 그런다. 집에 갖고 가 봐야 공출될 테고, 너라면 함부로 다루지도 않을 테니 딱 맞는 주인이야."

성식의 손때와 마음이 곳곳에 남아 있는 자전거였다. 성식의 자전거 사랑이 얼마나 각별한지 아는 터라 갑자기 성식이 이렇게 나오는 데는 분명 이유를 있을 터였다.

"어디 가요?"

"응. 군대 가려고. 징병장이 나왔대."

진구의 눈이 휘둥그레졌다. 어쩐지 며칠 동안 성식은 문 닫는 시간 이후에도 혼자 남아서 할 일이 있다며 사람들을 쫓아냈다. 그런다고 큰아버지가 웃돈을 얹어 줄 리 만무했다. 진구도 형섭에게 한 집에 한 사람은 무조건 징병이든 징용이든 나가야 하는 법이 통과되었다는 말을 듣긴 했다. 남의 일로만 여겼던 일이 성식에게 벌어졌다는 게 섬뜩했다. 진구는 무슨 말을 해야 할지 몰라 입을 꾹 다물었다. 어떤 말도 위로가 되지 않을 것이다.

"어떤 상황에서도 살아남는 게 중요해. 나도 그럴 생각이야."

"안 가면 안 돼요?"

"내가 안 가면 동생이 가거나 아버지가 나가야 하니까 피할 수 없어. 어차피 가야 한다면 일단 입대해서 기회 봐서 만주 쪽으로 도망가려고. 제국대 학생이 그랬다는 말을 들었어. 하는 짓 보면 조선 사람들 다 죽이고도 남을 놈들이야. 그놈들이 좋아할 일은 절대 하지 않을 생각이다."

성식의 목소리는 단호했다. 진구는 아무 말도 못 하고 자전거 핸들만 만지작거렸다.

"꼭 살아남아야 한다. 헷갈릴 때는 도망지는 것도 한 방법이야. 그때가 되면 이 자전거가 도움이 될 거야."

진구는 천천히 고개를 끄덕였다.

*

비 오는 날, 체련 훈련 대신 실내 수업이라는 말에 아이들은 환호성을 올렸다. 진구는 꼬부랑 영어보다 체련 수업이 더 힘들었다. 온 나라가 전시 동원 체제로 들어가면서 체련 수업이 군대식으로 바뀐 지 꽤 됐다. 진구는 첫 수업 때 각반을 준비하지 않아 수업이 끝날 때까지 머리를 땅에 박고 뒷짐을 진 자세로 벌을 받아야 했다. 다른 반에 아는 아이가 없어 어쩔 수 없었다. 처음 받아 보는 체벌에 진구는 모멸감을 느꼈다.

각반을 차는 건 차츰 익숙해졌지만, 목총 칼로 사람 형상의 볏짚을 찌르는 일은 쉽지 않았다. 출발선 앞에 서면 가슴이 벌렁대고 눈앞이 뿌예졌다. 반 아이들 중엔 학도군단장을 맡은 종혁과 소수의 몇만 빼고 다들 점점 체련 수업에 불만이 쌓여 갔다. 그런 상황이니 실내 수업은 자다가 떡을 얻은 기분이었다.

딱딱한 군홧발 소리가 들리자 아이들은 의자에 바짝 몸을 붙였다. 교실 문이 열리고 빳빳한 군복 위에 번쩍거리는 훈장이 먼저 눈에 들어왔다.

체련 선생은 연일 일본군이 승전보를 올리고 있다며 열변을 토했다. 태평양전쟁의 승리가 세계 역사를 바꿀 것이고 조선과 중국의 많은 군인이 전장에서 맹활약을 펼치고 있다고 했다. 체련 선생이 학도병을 지원하는 대학생들이 줄을 설 정도라고 말했을 때, 뒷자리에서 피식 웃음이 터졌다. 체련 선생의 얼굴이 무섭게 일그러졌다.

"누구야? 당장 나와!"

체련 선생의 으름장에 진구의 몸이 굳었다. 잔뜩 독이 오른 체련 선생은 분필을 교실 뒷자리로 던졌다. 일제히 아이들이 자라목을 하며 몸을 옹송그렸다. 교실이 무거운 침묵에 휩싸였다. 제 분을 못 이긴 체련 선생이 옆구리의 칼을 잡는 순간 형섭이 자리에서 벌떡 일어났다. 형섭을 본 체련 선생의 눈빛이 흔들렸다. 아이들도 놀라기는 마찬가지였다. 입술이 바짝바짝 탔다.

"대일본제국이 연전연승한다는 말에 너무 기뻐서 저도 모르게…. 저의 형님도 입대하셨는데 무사하시다는 거잖아요. 안 그렇습니까?"

"그렇고말고. 역시 우등생의 가족답군. 제군이야말로 진정한 황국신민이네."

체련 선생은 굳이 형섭의 자리까지 와서 어깨를 토닥였다. 진구와 눈이 마주치자 형섭이 눈을 찡긋했다. 교단으로 돌아간 체련 선생은 학도지원병 제도에 대해 한참 떠들다가 나갔다.


담임 선생이 진구를 교무실로 불렀다. 큰아버지의 뻔한 심부름일 거라 짐작했다. 교무실에 들어서자 담임 선생이 교장부터 만나자고 했다. 교장실 벽에는 일장기가 걸려 있었다. 교장은 진구보다 머리 하나쯤은 작은 키에 볼록한 배 아래 혁대 끝에는 대롱거리는 칼을 차고 있었다.

"제군이 이정남 사장의 아들인가?"

하마터면 진구는 이정남이 아니라 이정식의 아들이라고 말할 뻔했다.

"매사 아주 열심이고 모범이 되는 학생입니다."

"역시 그 아버지에 그 아들인가 보군."

담임 선생의 말에 교장이 너털웃음을 터뜨렸다. 그 웃음이 너무 낯설어서 진구는 가시방석 위에 앉은 기분이었다.

"오늘 제군을 부른 이유는…."

교장 선생의 눈짓을 받고 담임 선생이 서류철에서 종이쪽지를 꺼냈다.

"제군의 아버지가 솔선수범해 주셨네. 이번 일은 우리 학교의 위상을 높이고 또 제군 아버지의 사업을 키우는 데 큰 도움이 될 걸세."

도통 무슨 말인지 짐작도 할 수 없었다. 자신을 받아 준 학교와 학교에 다닐 수 있게 해 준 큰아버지에게도 도움이 된다니 진구는 내심 뿌듯했다.

"하여튼 이른 시일 내에 긍정적인 답변을 줄 거라 기대하네."

담임 선생이 나가서 설명하겠다고 말하지 않았다면 진구는 내내 전봇대처럼 멀뚱하게 서 있을 뻔했다.

교장실을 나오자 선생들 몇이 환호하며 달려왔다. 대부분 일본인 선생이었다. 특히 체련 선생이 소식을 듣고는 구르다시피 교무실로 들어왔다. 선생들의 부추김 때문인지 담임 선생도 무척 흐뭇해했다. 왁자지껄 어수선한 상황에 진구는 얼이 쏙 빠졌다.

"이 친구 때문에 노부오 선생님은 경무국에서 표창장 받게 생겼습니다. 저도 경무국에 면이 서게 됐습니다. 하하"

체련 선생이 담임 선생에게 연신 고맙다며 고개를 조아렸다. 수

업 종이 울리고서야 몰려 왔던 선생들이 하나둘 제자리로 돌아갔
다. 그제야 담임 선생은 정신을 차리고 서류철의 종이를 꺼내 진구
에게 내밀었다. 종이에는 '학도병 지원서'라고 적혀 있었다.

"네 아버지께서 교장 선생님한테 직접 제안한 모양이야. 아버지
한테 보여 드리고 여기에 도장 찍어서 가져오면 된다."

진구는 어떻게 수업을 받았는지 정신이 하나도 없었다. 담임 선
생이 뭐라고 떠들었지만, 진구 귀에는 지나가는 바람 소리였다.

형섭은 수업이 끝났는데도 멍하게 앉아 있는 진구를 끌고 밖으
로 나왔다.

"난 군대 가고 싶지 않아."

"무슨 얘기야? 너한테 영장이라도 나왔다는 거야?"

진구의 어물거리는 말에 형섭이 눈썹을 치켜뜨며 물었다.

"교장실에 갔는데…."

금방이라도 울 듯한 진구의 얼굴에 형섭은 입을 다물었다.

"교장 선생님이 학도병 지원서를 주며 큰아버지 사업에 큰 도움
이 될 거래."

"너한테 무슨 혜택이 있는 건데? 참 어이없네."

형섭의 입에서 바람 소리가 났다.

"큰아버지가 총독부의 혜택을 많이 받았다며 자식을 전장에 보
내는 걸로 충성심을 보이겠다고 했다는 거야. 총독부에서 위험하
지 않은 곳으로 보내 줄 거래. 징병에 나가면 큰아버지는 군복 납

품을 계속하게 될 거고…. 나중에 포목점도 나한테 물려주겠다고
그랬대.”

“그게 말이 되냐? 민구 형도 있는데 포목점을 너한테 왜 줘?”

형섭이 눈을 희번덕대며 핏대를 세웠다.

“일단 큰아버지한테 사실 여부를 확인해 봐. 내 생각으로는 큰
아버지가 군납을 따내려고 그랬다는 건 핑계 같고, 자기 아들 대신
에 널 군대에 보내려고 하는 것 같아. 널 양자 삼은 것도 다 꿍꿍이
가 있었던 거야. 자기 자식은 중요하고 조카 목숨은 안중에 없다는
건데…. 참, 역시 친일파답다.”

진구의 머릿속으로 몇 장면이 지나갔다. 몇 달 전 내무과장에게
큰아버지가 방법을 찾았으니 조금만 기다려 달라고 했던 것도, 그
날 호적을 보여 준 것도 다 이해됐다. 진구를 민구 대신 징병을 보
내기 위해 돈을 써 가며 학교에 보내 준 것이었다. 진구의 주먹 쥔
손이 부르르 떨렸다.

*

진구를 보자 행주댁이 상기된 얼굴로 뛰어나왔다. 닫힌 방문 사
이로 큰아버지의 호통과 큰어머니의 훌쩍거림이 새어 나왔다.

“무슨 일 있어요?”

“민구가 며칠째 연락이 안 된다더라. 기껏 일본에 보냈는데, 제
버릇 개 주겠냐? 공부는 뒷전이고 기생들 꽁무니나 쫓아다녔겠지.

뻔한 일 갖고 새삼스럽게 저런다."

진구는 행주댁이 차려 주는 저녁을 먹고 방으로 돌아왔다. 학도병 지원서 이야기를 꺼낼 분위기가 아니었다. 힘겨운 하루였다. 피곤이 몰려왔다. 등을 바닥에 대기 무섭게 진구는 깊은 잠에 빠져들었다. 형과 어머니가 부여잡고 우는 꿈을 꾸었다. 베갯잇이 축축해질 만큼 슬펐다. 잘못 들어선 길에서 빠져나와야겠다는 마음과는 달리 꿈속에서도 갈 길을 못 찾고 헤맸다.

"진구야, 얼른 일어나 봐라. 사랑으로 얼른 건너오란다."

행주댁의 다급한 목소리에 진구는 벌떡 일어나 앉았다. 벌써 방문 밖이 캄캄했다.

손바닥으로 얼굴을 문지르고 진구는 방문을 나섰다. 지원서도 챙겨 들었다. 한바탕 폭풍우가 지나간 것처럼 큰아버지와 큰어머니는 지친 기색이었다.

"민구 형은 어디 있대요?"

"네 큰아버지가 내무과장을 통해 본국에 손을 써 놨으니 곧 찾을 거라는구나. 간 떨어지는 줄 알았다. 제발 엉뚱한 생각 안 했으면 좋겠구먼."

"입방정 떨지 마. 그놈이 그런 짓 할 만큼 배짱이 있긴 하고."

큰아버지의 위세가 대단한 줄은 알았지만, 경성에 앉아 동경의 일본인들을 움직이다니. 그 위세를 지키는 데 자신의 입대도 한몫할 거라는 생각이 들자 속에서 뜨거운 것이 올라왔다.

진구가 지원서를 내놓았다. 큰아버지의 얼굴 위로 곤혹스러운 표정이 지나갔다. 큰어머니가 그게 뭐냐며 고개를 뺐다. 큰아버지가 큰어머니에게 둘이 할 말이 있다며 눈을 부라렸다. 무슨 비밀 얘기냐며 한참 투덜거리다 큰어머니가 방을 나갔다.

"이건 말이다….""

큰아버지가 이내 정색하며 목소리를 바꿨다.

"당연히 민구를 입대시켜야지. 너도 알다시피 우리 포목점이 총독부의 비호 아래 이만큼 자리 잡은 건 사실이잖냐? 그러니까 나도 가만히 있으면 안 되지. 내무과장 낯도 세워 주고 민구 돌아올 때까지 시간을 벌려고 그런 거다."

큰아버지는 이 말 저 말 다 끌어들여 변명을 늘어놓았다. 큰아버지 말은 민구를 군대에 보낼 작정으로 일본에 연락해서야 민구가 집을 나간 것을 알게 되었다는 것이다. 그런 사정을 알고 내무과장이 임시방편으로 진구 이름으로 학도병 지원서를 내고 그 사이에 민구를 데려오는 게 어떻겠냐고 제안했다. 약속받은 군 납품을 위해서 어쩔 수 없는 결정이었다고 변명했다. 엎치나 매치나 결론은 마찬가지였다. 생각해 보니 민구를 서둘러 유학 보낸 것부터 앞뒤가 안 맞았다. 민구가 일본으로 떠난 건 학도병 지원제도가 발표되고도 한참 뒤였다. 일본에 가지 않겠다 발버둥 치던 민구를 쫓아내다시피 해서 보내지 않았는가?

"바깥일 하랴 자식 챙기랴 네 큰아버지도 얼마나 힘들겠냐? 학교에 다니게 해 주려고 힘 많이 썼다는 건 너도 알지 않냐?"

바깥에서 큰어머니가 큰아버지를 편들었다. 그 사이 큰아버지는 목이 말랐는지 냉수를 벌컥벌컥 들이켰다.

"제가 군대 갈게요."

"뭐라고?"

큰아버지는 믿기지 않은 얼굴이었다.

"큰아버지 곤란하게 만들고 싶지 않습니다. 그 대신 잠시 집에 다녀오겠습니다. 인사는 드려야 할 것 같아서요."

"암, 그래야지, 그래야 하고말고."

큰아버지가 진구의 팔을 잡았다. 기쁨을 억누르는 듯한 큰아버지의 얼굴을 진구는 애써 외면했다.

*

학교 교문이 보이는 큰길에서 진구는 자전거를 세웠다. 다시는 교문을 넘지 못할 거라고 생각하니 눈물이 핑 돌았다.

"네 생각만 해. 넌 누구 대신이 아니잖아?"

학도병 지원서 얘기를 듣고 형섭이 잘라 말했다. 형섭은 세상에 자기보다 중요한 건 없고, 어떤 상황에서도 죽지 말고 살아야 한다고 했다. 입대하면 도망하겠다는 성식도 생각났다.

진구는 체신국으로 방향을 틀었다. 가방에서 돈 봉투를 꺼냈다. 큰아버지가 집에 다녀오라며 쥐여 준 돈이었다. 제법 큰 돈이었다.

2년간 포목점에서 일한 대가라고 생각했다. 학교에 보내 준다는 말에 혹해서 호적을 옮긴 것에 대한 죄송함과 혼자만 편하게 산 것에 대한 미안함 때문에라도 그 돈이 필요했다. 봉투의 절반을 우체국환으로 아버지에게 보냈다. 교복 때문인지 체신국 직원들도 별다른 의심을 하지 않았다.

진구는 포목점 뒷마당에 자전거를 세웠다.

"어디 가냐?"

단정한 교복 차림을 한 진구의 표정이 밝아 보였는지 김씨 아저씨가 물었다.

"고향에요. 큰아버지께서 한번 다녀오라고 하네요."

"어쩐 일이다냐? 해가 서쪽에서 뜨겠구먼. 내려가자마자 올라와야겠구먼."

"내일 개교기념일이라서 하루 더 있을 수 있어요. 아저씨, 아주머니 그동안 감사했어요."

"왜 갑자기 그런 말을 하냐? 다시 돌아오지 않을 사람처럼."

"몇 년 만에 집에 간다고 생각해서 그런가 봐요."

"핏줄은 끊어지는 게 아니다. 부모님께 잘해 드려라."

김씨 아저씨는 끝까지 잘 다녀오라는 말을 하지 않았다.

진구는 전차를 타고 경성역으로 갔다. 역 안은 사람들로 발 디딜 틈 없이 복닥거렸다.

"오늘 우리 아들이 군대 가는데, 좀 들어가게 해 주세요."

시골에서 올라온 듯한 아낙네가 역무원에게 애걸했다. 플랫폼 안에는 꽃다발을 든 여학생들이 기차를 타려는 군인들의 목에 꽃다발을 걸어 주었다. 그 옆에는 한 번이라도 더 아들의 손을 잡아 보려는 어머니들이 아들의 이름을 부르며 울부짖었다. 진구는 대합실 창문으로 그 모습을 오랫동안 지켜보았다.

매표소 앞에 표를 구하려는 사람들이 길게 줄을 섰다. 진구도 줄 끝에 가서 섰다. 기적을 울리며 기차가 플랫폼 안으로 천천히 들어왔다.

기ㅅ발과 함성

이 글은《민주를 지켜라!》(서해문집, 2020)에 수록한 〈그날, 화요일〉을 수정한 것입니다.

"너 혼자 세상 고민 다 하냐?"

빈정대는 투덜거림에도 창기는 들은 척도 하지 않았다. 미적지근한 반응에 장난기가 발동한 현식이 창기의 뒷덜미를 힘껏 움켜잡았다. 창기가 현식의 팔을 세차게 밀쳤다. 주먹질까지 각오했던 현식은 공연히 힘이 빠졌다.

"그럼 넌 이 상황이 정상이라고 생각해?"

교모 아래 창기의 눈빛이 번들거렸다.

"그건 아니지만 형들도 다 생각이 있을 거야. 시위가 축구 시합은 아니잖아? 하여튼 성질 좀 죽이고 살아. 모난 돌이 정 맞는다고"

그런 말이 창기의 귀에 들릴 리 만무했다.

"고등학생이 최루탄을 맞고 바다에서 떠올랐잖아? 넌 화도 안

나?"

창기의 대거리에 현식은 맥없이 고개를 떨궜다.

민주당은 3·15선거가 국민들의 선거권을 모독한 부정선거라며 원천무효를 선언했다. 이에 뜻을 같이한 시민들은 규탄 시위를 벌였다. 특히 마산 시위는 분노한 민심에 기름을 끼얹었다. 입학을 앞둔 고등학생 김주열이 시위에 나갔다가 행방불명되었다. 27일 만에 눈에 최루탄이 박힌 채 마산 중앙부두 앞 바다에서 참혹한 시체로 떠오른 일이 도화선이 됐다. 학생들이 시작한 시위에 3·15 부정선거와 이승만 정권의 부정부패에 넌덜머리가 난 시민들이 합세했다. 서울 시내 고등학교에서도 연일 가두시위가 벌어졌다. 그런 걸 뻔히 알면서도 학교에서는 아무 반응도 없었다. 창기는 답답한 마음에 숨이 막힐 것 같았다.

"나도 당연히 그렇게 생각하지. 내가 걱정하는 건…."

현식의 뒷말은 안 들어 봐도 뻔했다.

"형 생각해서라도 데모할 생각은 하지 마라?"

대문까지 따라 나오며 어머니가 했던 말과 똑같았다. 그 말은 당부가 아니라, 데모하지 말라는 엄포나 진배없었다. 일찍 돌아가신 아버지 때문에 어머니한테 형은 아들이자 남편이었다. 수재 소리를 들었던 형은 대학을 포기하고 말단 공무원이 되었다. 그런 형이 지난해 동사무소에서 시청 직원으로 승진한 일은 어머니한테는 자랑거리였고 살아가는 힘이었다.

뒤숭숭한 분위기 때문인지 늘어나는 시위 때문인지 형을 못 본지 일주일도 넘은 것 같았다. 맏이라는 이유도 있지만 창기에게도 형은 아버지였다. 창기도 형의 기대에 어긋나지 않으려고 애썼다. 패거리 싸움에 휘말릴 때도 형 생각에 죽을힘을 다해 참아 냈다.

점심시간이 끝나 가는데도 아이들은 여기저기 모여 웅성대고 있었다. 답도 없는 3·15부정선거 반대 시위 이야기였다. 아침에 만난 학도호국단장 어상 형의 뜨뜻미지근한 태도를 생각하니 더 열불이 났다.

"에취!!"

앞자리의 아이가 체육복을 털자 여기저기에서 기침이 이어졌다.

"아씨, 옷에 최루탄 가스가 묻었었나 봐."

"야, 옷은 바깥에 나가서 털어야지…."

연일 계속되는 시위 탓으로 도심 어디에서나 최루탄 가스가 가실 날이 없었다.

갑자기 창기가 벌떡 일어나 교단 앞으로 나갔다.

"대광고 애들이 데모한 것 들었지?"

창기의 말에 아이들의 얼굴이 바짝 얼었다.

"시위대 함성이 여기까지 들리는데 우리가 귀머거리냐?"

"우리 학교가 먼저 해야 했는데…. "

"맞아. 장면 부통령 얼굴도 있는데 우리가 이렇게 있으면 안 되지. 안 그래?"

몇몇 아이가 잔뜩 흥분해서 목소리를 높였다.

"경찰이 쏜 최루탄에 학생이 죽었어. 그것도 한 달이 다 돼서 시체로 떠올랐다고. 같은 고등학생으로 가만히 있으면 안 되는 거잖아?"

김주열 이야기로 번지면서 아이들의 웅성거림은 더 커졌다. 너나없이 신문에서 읽었거나 어디에서 들은 이야기를 하나둘 들춰냈다.

"유세장에 강제로 동원되고, 일요일에 단체 영화나 보라 그러고. 민주주의 어쩌고 하면서 시민 알기를 개떡으로 아는 거지."

"맞아. 대구 학생 시위도 그런 거잖아? 일요일에 등교하라는 게 말이 돼."

그날 학교에서는 영화 관람 때문이라고 했지만 진짜 목적은 학생들이 장면 후보의 연설회에 가지 못하게 하려는 것이었다. 대구 고등학생들은 교사들의 만류를 뿌리치고 시내에 모여 규탄 시위를 벌였다.

"우리한테 밟혀도 찍소리 말란 거잖아? 가만히 있으니까 바보 멍청이로 보는 거지."

걱정으로 시작된 말은 불만과 격분으로 이어졌다.

"형들이 뭐래? 너 어상이 형 만난다고 그랬잖아?"

반장이 몸을 일으키며 아이들 말을 끊었다. 창기의 얼굴이 일그러졌다.

"조금만 기다려 보래. 장면 부통령 입장도 생각해야 한다고 그러는데 그게 더 웃기지 않아?"

"맞아. 장면 부통령의 제자들이니까 더 먼저 했어야지, 안 그래?"

체육부장 진성이가 아이들을 둘러보며 말했다.

"어차피 미운털이 박혔는데 왜 눈치 보고 그러냐고…."

아이들이 일제히 맞장구를 쳤다. 요즘 들어 동대문경찰서 형사들이 학교에 뻔질나게 들락거렸다. 학생들이 부화뇌동하지 않게 단속하라는 압박이었다.

"가만있으면 진짜 가마니로 취급한다니까."

"맞아. 지난번 3·1절 기념식 때도 우리 학교만 쫓겨났던 거 기억 안 나?"

누군가의 입에서 지난 3·1절 기념식 이야기가 튀어나왔다. 그 말에 아이들이 기름에 물을 부은 듯 들끓었다.

지난봄 동성고 학생들이 서울운동장에 열린 기념식에 강제로 동원되었다. 기념식이 끝나고 시가행진 중에 자유당을 비난하는 삐라가 발견됐다. 경찰은 동성고 대열에서 뿌려졌다고 트집을 잡는 것도 모자라 범인을 색출하겠다며 온갖 난동을 부렸다. 결국 기념식에 참석한 문교부 장관이 동성고 학생들을 해산시키라는 지시까지 내렸다. 그 일 이후 신문에 '야당 세력이 배후 조종'이라는 말도 안 되는 기사가 실렸고 그때마다 선생님들도 절대 몰려다니지 말고, 동아리 활동도 자제하라고 신신당부했다.

"이승만 정권에 사사건건 반대하는 장면 부통령이 우리 학교 교장이었다는 것 때문에 그러는 거잖아?"

"어차피 억지로 끌려 나왔는데 더 이상 꼭두각시놀음 안 하고 잘됐지 뭐."

"대통령도 문제지만 옆에 있는 떨거지들이 제 거 뺏길까 봐 더 난리니까 그렇지."

3·15부정선거에다 이기붕 일가의 부정 축재 이야기에 이르자 아이들은 이 기회에 아예 대통령을 끌어내야 한다며 목소리를 곤두세웠다.

"그냥 부정선거가 아니라 완전히 조작 날조 선거였다니까."

"우리 시골 큰아버지는 사흘돌이로 막걸리 얻어 마시고 고무신도 받았대."

"그런 게 뇌물이고 부정이라는 거야."

이야기는 이기붕한테 얻어먹고 투표는 장면에게 한 친척 이야기에서부터 부정선거를 너무 열심히 한 탓에 이기붕 득표율이 유권자 수보다 많은 곳도 있었다는 어이없는 이야기로 이어졌다. 아이들의 분노가 결국 시위를 하자는 결론에 이르렀다.

"다시 한번 어상이 형한테 이야기해 보자. 우리 학교는 언제 나가는지 확답을 받아 내면 더 좋을 것 같아."

"알았어. 내가 호국단실에 다녀올게."

아이들이 창기의 말에 힘을 실어 주었다.

"어느 학교 시위대인지, 우리의 요구 사항이 뭔지 알리는 현수막도 준비하면 좋을 것 같아."

전교 1등 명우의 입에서 그런 말이 나오자 아이들이 일제히 명우를 쳐다봤다. 서울대 법대가 목표라며 화장실 갈 때조차 영어 단어장을 들고 가는 지독한 공붓벌레였다. 공부에 방해된다며 당연히 시위를 반대할 줄 알았는데 의외였다.

"오호, 생각지도 못한 거였는데 정말 좋은 생각이야."

창기가 명우를 추어주자 다른 아이들이 괴성 같은 함성을 질러 댔다. 옆 반 아이 하나가 무슨 일인가 싶어 교실 뒷문으로 머리를 들이밀기도 했다.

"역시 우등생다운 발상, 멋지다. 내가 승호 형한테 물어볼게. 지난해 개교 50주년 기념행사 때도 포스터랑 현수막은 승호 형이 다 만들었어."

"형이 우리 말 들어 줄까?"

"그건 걱정하지 마. 같은 성당 다녀서 내가 좀 알거든."

창기가 말끝에 어깨를 으쓱했다. 어색한 얼굴도 잠시 다시 책장을 펼치는 명우를 창기는 모른 척했다.

창기는 좀체 수업에 집중할 수 없었다. 쉬는 시간 종이 울리자마자 창기는 교실을 빠져나갔다. 빠른 걸음으로 현식이 창기 옆에 바짝 붙어 섰다.

"꼭 네가 나설 건 없잖아? 승호 형도 반장 보고 만나라 그러고."

"아까는 가만있더니 왜 그래? 전교생이 다 참여하는 시위야. 나도 이 학교 학생이고."

창기의 눈초리가 날카로워졌다. 잠깐 호흡을 고른 현식이 차분하게 말했다.

"시위는 당연히 해야 하는데, 그러다 형이 곤란해질까 봐 그러는 거지. 걱정도 못 해 주냐?"

"누구는 공무원 아들이라서, 누구는 선생 동생이라서…. 그렇게 따지면 안 걸릴 사람이 하나도 없을 거다."

얼굴까지 벌게지는 창기를 보고 현식은 눈만 끔벅였다.

*

창기는 3학년 교실로 뛰어갔다. 뜸 들 때까지 기다리지 못하는 성미였다. 창기가 교실 앞문으로 들어서자 술렁대던 교실이 찬물을 끼얹듯 조용해졌다.

"서무실에 볼일이 있다고 그랬어."

앞자리의 형이 가리키는 승호의 자리는 비어 있었다.

서무실이라고 교실과 별반 다르지 않았다. 직원들이 심각한 얼굴로 두런두런 이야기를 나누고 있었다. 서무실 한쪽에 미자 누나와 함께 서 있는 승호를 보고 창기의 입이 벙글어졌다.

"누나, 전에 큰 붓이 창고에 있던데 지금도 있어요?"

"건드린 사람이 없으니까 아마 있을 거야. 페인트도 네가 쓴 이후로 그대로 있을 텐데. 그건 왜?"

"쓸 일이 생길 것 같아서요."

승호의 입가가 실룩거렸다.

"넌 여기 웬일이야?"

"형한테 부탁할 게 있어서요."

"우리 나가서 얘기하자."

승호도 뭔가 짚이는 게 있는지 창기 팔을 움켜쥐었다. 둘을 번갈아보던 미자 누나가 지나가듯 말했다.

"더 필요한 게 있으면 말해. 박 선생님께 내가 미리 말씀드려 놓을게."

막 새순을 틔운 나무들 사이로 바람이 불었다. 벤치 위를 한 손으로 쓱 문지르고 승호가 무슨 일인지 물었다. 창기는 반 아이들과 했던 이야기를 꺼냈다. 승호는 3학년도 지금 구체적으로 시위 날짜를 논의 중이라며 며칠 사이 어상이한테 그 얘기 하러 오는 아이들이 부쩍 늘었다고 했다.

"친구 중 한 명이 현수막 만들자고 해서 형한테 물으려던 건데… 아까 그거 때문에 서무실에 간 거죠?"

"누군지 모르지만, 나랑 같은 생각을 했나 보네."

제가 칭찬받은 것처럼 창기의 어깨가 올라갔다.

"현수막으로 쓸 천은 구했어요?"

"아직. 여기저기 뒤졌는데 쓸 만한 게 없어. 살 돈도 없고."

승호의 얼굴이 어두워졌다. 창기도 덩달아 달아올랐던 마음이 푹 꺼졌다.

"얼마나 큰 게 필요한데요?"

"아침에 재어 보니 차선폭이 4미터쯤 되더라고. 전교생이 모두 참여한다면 최소한 네 개는 있어야 해."

현수막 네 개를 만들려면 적어도 16미터 이상의 천이 필요하다는 얘기였다. 한참 생각에 잠겨 있던 창기가 승호를 쳐다보았다.

"조금씩 돈을 모으면 되지 않을까요? 반 친구 아버지가 동대문에서 포목점을 하세요. 아들 학교에서 필요하다고 그러면 싸게 해 주실 거예요."

"누구 하나라도 반대하면 문제가 심각해져. 나중에 경찰이 돈의 출처를 밝혀내기라도 한다면 학교도 곤란해질 거야."

"듣고 보니 그렇네요. 시위에 모두 참여한다는 게 중요하니까 어쩔 수 없죠."

시위에 꼭 현수막을 준비하지 않아도 됐다. 그래도 겨우 돈이 없어서 현수막을 만들 수 없다는 것은 기운 빠지는 일이었다. 승호는 무슨 수가 생길 거라며 실망하기에는 이르다고 부러 환하게 웃었다.

서무과가 있는 빨간 벽돌 본관은 창문 폭이 좁아 위아래로 긴

아치형 건물이었다. 복도와 강당 쪽 창문은 커튼 길이가 짧았지만 혜화동 로터리 쪽 창문에 달린 옥양목 커튼은 폭도 넓고 상당히 길었다. 말없이 걷기만 하던 승호가 별안간 앞으로 뛰어나갔다.

"왜 그래요, 형?"

창기도 덩달아 승호를 뒤쫓았다. 승호가 커튼 끈을 풀고 벽에 달린 커튼 자락을 펼쳤다.

"이거 현수막으로 적당할 것 같지 않아?"

"길이도 딱 맞고, 무늬 없는 옥양목이니 글씨가 잘 써질 것 같아요. 역시 길이 있으면 뜻이 있다더니…. 형, 진짜 대단해요."

그제야 커튼을 올려다보며 창기가 환호성을 질렀다.

"내가 뭘."

"나 같으면 이 커튼을 현수막으로 쓸 생각은 못 했을 거예요."

창기는 달뜬 목소리로 '아멘'이라 중얼거리며 성호까지 그었다. 승호는 피식 웃으며 이내 창기를 따라 했다. 성당에 다니든 아니든 성호를 긋는 것은 이 학교 학생이면 몸에 밴 습관 같은 것이었다.

"이제 온실로 가 봐요. 원예반이 쓰려던 작대기 같은 게 있을지도 모르잖아요?"

천이 해결됐으니 현수막을 매달 나무를 찾는 게 다음 일이었다.

"창고보다는 거기가 낫겠다. 창고에 들어가려면 선생님 허락도 받아야 하고 소사 아저씨한테도 문 열어 달라고 부탁해야 하고. 뭐에 쓸 거냐고 꼬치꼬치 캐물으면 곤란하잖아."

승호의 말투는 흔연스러웠다. 창기 역시 낙산에서 날아드는 꽃향기를 맡으려는 듯 코를 벌름거렸다.

원예반이 관리하는 텃밭과 온실은 교사 뒤편에 있었다. 봄 활동을 시작한 아이들이 자주 들락거리는지 온실 문이 열려 있었다. 새순들이 올라온 텃밭 한구석에 대나무들이 쌓여 있었다. 온실 내부를 수리할 때 쓰려고 장만해 둔 모양이었다.

"여기 톱도 있어요."

나뭇더미 옆에 아무렇게 내팽개쳐진 녹슨 톱을 찾아 들고 창기가 소리쳤다. 창기를 향해 손가락을 세워 보이던 승호는 나뭇더미 속에서 장대로 쓸 만한 대나무 여덟 개를 추려냈다.

"미리 작업해 두자."

움직이지 않게 창기가 대나무를 잡자 승호가 톱으로 홈을 냈다. 죽이 척척 맞아서인지 일이 금세 끝났다. 승호는 자른 대나무를 다른 대나무들 사이에 섞었다. 사람들 눈에 띄지 않게 하려는 것이었다. 역시 매사 꼼꼼한 승호다웠다.

"현수막 만드는 데 시간 좀 걸리겠죠? 커튼을 뜯을 시간도 필요하고…."

현수막에 쓸 문구도 미리 생각해 뒀으니 커튼만 뜯어내면 만드는 데는 30분이면 충분하다며 승호가 어깨를 으쓱했다.

"현수막은 우리 반 아이들이 들게 해 주세요. 다른 애들한테 넘기면 안 돼요."

"그래도 현수막은 시위대 제일 앞에 서는 3학년이 들어야 하지 않을까?"

겸연쩍은지 창기가 뒷머리를 긁적였다.

"그러면 현수막 만들 때 꼭 불러 주세요. 하나보다 둘이 하면 더 좋잖아요."

단단히 다짐받고서야 창기는 교실로 돌아갔다.

*

"대광고 애들이야."

1교시가 시작되고 20분쯤 지났을 때였다. 학교 담 너머 대학로 쪽에서 '우와' 하는 함성이 들렸다. 경찰의 저지를 받고 혜화동 쪽으로 밀려오면서 터져 나온 학생 시위대의 함성이었다. 전날 고려대생들이 '부정선거 무효' 시위를 벌일 때 근처 대광고 아이들이 합류했다는 소식은 금세 교실을 휩쓸었다.

"우리도 나가자."

"대책 없이 나갔다가는 해 보기도 전에 모두 끌려갈 거야."

그 말에 동감하는 듯 아이들 하나둘씩 풀이 죽었다.

"형들은 도대체 뭐 하는 거야?"

어제 야간 미사에서 만난 승호 형도 별말 없었다. 창기의 숨이 점차 거칠어졌다. 3학년 선배들의 뜨뜻미지근한 행동이 맘에 들지 않았다. 자기라면 책상 앞에 앉아서 공부나 한다고 해결될 시국이 아니라며 학생들이 먼저 앞장서야 한다고 목청을 높였을 것 같았다. 우리가 살아갈 나라니까 우리가 나서야 하지 않겠냐며 선생님들을 설득하고 나섰을 것이다. 창기는 부글부글 끓는 속을 달래려 창 쪽으로 달려갔다.

경찰에게 쫓기던 한 학생이 학교 담을 기어올랐다. 뒤이어 몇 학생이 담을 뛰어넘었다. 창기의 심장이 빠르게 뛰었다. 인도에 있던 경찰들이 기다렸다는 듯 쫓아와 아이들을 끌어내렸다. 곧이어 경찰봉으로 머리통을 내리치고, 쓰러지면 구둣발로 짓밟았다. 악에 받친 경찰은 우악스럽게 아이의 목덜미를 잡아끌고 내동댕이쳤다.

'경찰이 저래도 되는 거야? 아무리 잘못해도 개 패듯 패는 건 아니지!'

창기의 주먹이 부르르 떨렸다. 어느새 권홍이 옆에 와 서 있었다.

"몽둥이찜질은 너무한 거 아냐?"

"가만히 있으면 안 되겠지?"

창기가 권홍에게 눈짓을 보냈다. 수오, 창진, 성수도 반쯤 의자에서 몸을 일으켰다.

"지금 나가면 다쳐. 조금만 기다려 보자."

현식이 뜯어말렸지만 소용없었다. 교실 문을 나서던 창기가 현식을 불렀다.

"혹시 나한테 무슨 일이 생기면 승호 형한테 가 줘."

"왜?"

"가 보면 알아."

창기가 현식에게 빠르게 말하고 바로 뛰어나갔다. 현식이 붙잡을 겨를도 없었다.

"우리도 나가자! 나와라, 나와라!"

정문 수위실 앞에서 창기가 교실 쪽을 돌아보며 소리쳤다. 창문에 몸을 내민 반 아이들 입에서 환호성이 터져 나왔다. 교문 밖에 어슬렁대던 경찰이 창기 쪽으로 빠르게 달려왔다. 다짜고짜 따귀를 올려붙인 후 창기의 멱살을 그러잡았다. 창기가 몸을 뒤틀며 거칠게 반항하자 경찰봉으로 등을 내리쳤다. '윽' 하는 비명과 함께 창기가 고꾸라졌다. 그 틈을 노려 경찰들이 창기를 덥석 들어 백차에 태웠다. 권홍, 성수, 창진이 창기를 빼내려고 덤벼들었지만 역부족이었다.

결국 경찰들은 마구잡이로 아이들을 백차 안으로 밀었다. 미리 타고 있던 대광고 아이들이 창기 일행을 보고 의미심장한 눈짓을 보냈다. 툭 불거져 나온 뒤통수를 쓰다듬으며 창기가 싱겁게 웃었다.

"데모 안 하게 타이를 테니 이 아이들 좀 풀어 주십시오."

아이들과 함께 있던 대광고 선생님이 경찰에게 사정했다.

"데모하는 것들은 다 빨갱이야. 그걸 말리지 못한 놈도 빨갱이라 그랬지? 빨간 물 든 선생 밑에서 아이들이 뭘 배우겠어?"

경찰이 듬성듬성 흰머리가 보이는 선생님의 뒷머리를 경찰봉으로 내리쳤다. 아이들 입에서 비명이 터졌다. 선생님이 뒷머리를 잡았지만 이미 손가락 사이로 시뻘건 피가 배어 나오고 있었다. 아이들이 손수건으로 선생님의 머리를 싸맸다.

"말로 하지 왜 사람을 쳐요?"

창기가 대들자 경찰이 주먹을 휘둘렀다. 이내 창기의 코에서 벌건 피가 흘러나왔다. 아이들이 너무하다며 대거리를 해 보았지만 날아드는 건 경찰봉과 발길질뿐이었다.

잠시 후 백차는 동대문경찰서에 도착했다. 경찰서 안으로 들어서자 경찰 하나가 얼굴 상처를 씻으라며 물 담은 양동이를 가져다주었다.

"이런 새끼들한테 무슨 세숫불이야? 물이 아깝다 아까워."

배불뚝이 서장이 성질에 못 이겨 양동이를 걷어찼다.

좁은 유치장에 아이들과 선생님을 몰아넣고는 곧 조사가 시작되었다.

"아버지 본적이 어디야?"

"평안북도 철산인데요."

대답이 떨어지기 무섭게 "이놈의 빨갱이 새끼!" 하며 창기의 가슴을 걷어찼다. 옆에 앉아 있던 아이들이 무자비한 경찰의 행동에 겁먹은 얼굴이 되었다.

"형 직업이 뭐야?"

"조그마한 회사에 다닙니다."

창기는 말 떨어지기 무섭게 대답했다. 시청에 다닌다는 걸 말했다가는 형한테 무슨 해코지를 할지 몰랐다.

"형이라는 작자가 동생이 엇나가면 몽둥이찜질을 해서라도 버르장머리를 고쳤어야지. 부정선거든 아니든 학생은 학생 할 도리만 하라고. 주제넘게 나서지 말란 말이야."

어떤 대답을 해도 빨갱이라고 억박지르고, 시위에 낀 것 자체가 빨갱이 짓거리라며 아이들을 몰아세웠다. 한 놈을 모범 삼아 본때를 보이자는 심보인지 유독 창기한테 거칠게 굴었다.

조사는 자정이 넘어서야 끝났다. 긴장이 풀려서인지 온몸이 쑤시는데도 저절로 눈이 감겼다. 하루가 악몽같이 길었다. 어머니가 피 흘리는 형을 끌어안고 흐느끼는 꿈 때문일까? 누군가 뭉툭한 것으로 몸을 쑤시는 바람에 창기는 퍼뜩 정신을 차렸다. 새벽녘에 잠깐 잠이 들었던 것 같은데 벌써 밖이 훤했다. 유치장에서 뜬눈으로 밤을 새운 아이들은 벌겋게 충혈된 눈으로 사방을 두리번거렸다. 잠시 후 발소리가 나고 머리에 붕대를 칭칭 감은 경찰서장이 나타났다. 어제 아침에 끌려온 아이들은 낯선 서장의 모습에 뜨악한 얼굴이었다.

"너희는 빨갱이보다 더 나쁜 놈들이다. 주제넘게 나서면 어떤 꼴을 당하는지 제대로 알았지?"

경찰서장이 끌어내라며 있는 대로 성질을 부렸다. 경찰서장이 뒤에 서 있는 경찰에게 수군대는 중에 '총살' 어쩌고 하는 말이 들렸다. 심장이 오그라들었다. 경찰에 끌려가는 아이들을 구하려는 게 총 맞을 일인가? 창기는 공포와 함께 분노가 일었다.

경찰이 다섯 아이를 백차에 밀어 넣었다. 뒷좌석 밑에 쪼그리고 앉자 경찰이 아이들 머리를 개머리판으로 찍어 내렸다. 백차는 골목길을 이리저리 휘저으며 달렸다. 아이들의 몸이 깡통에 담긴 돌멩이처럼 흔들렸다. 아이들은 입을 틀어막고 숨을 죽였다.

한참 만에 백차가 섰다.

"여기 왔던 일 어디 가서 떠들면 죽을 줄 알아! 총살감인데 학생이니까 봐주는 거야."

경찰의 눈에 핏발이 섰다. 총살 어쩌고 한 이야기는 아이들에게 겁을 주려는 말이었다. 옹기종기 몰려 있던 아이들은 안도의 한숨과 함께 그대로 주저앉았다. 어제와는 달리 운전을 맡은 경찰의 말투도 많이 누그러졌다.

정신을 차리고 보니 학교 정문 앞이었다.

"쳇, 이런다고 한 짓이 덮이냐?"

"총살감이라고? 내일 데모 있으면 난 또 나갈 거다. 어쩔래?"

아이들은 차에서 내리며 소리쳤다. 창기의 입에서 피식 웃음이 터졌다. 아이들이 어깨동무를 하고 정문으로 향했다.

"창기야, 괜찮냐?"

형 은기였다. 현식과 연락이 돼 경찰서로 갔더니 방금 석방했다는 말을 들었다고 했다. 밤새 마음고생이 심했는지 은기의 눈은 움푹 꺼지고 얼굴은 까칠했다. 창기의 고개가 푹 꺾였다.

"미안해요, 형. 어머니 걱정 많이 하셨죠?"

"시험 때문에 현식이네 집에서 자고 바로 등교했다고 둘러댔어. 어머니께서 현식이네 집에 전화해 보시겠다는 걸 전화번호 모른다고 했다."

동생을 안심시키려는 은기의 말에 창기는 목이 메었다.

"형한테 무슨 일 생기는 건 아니겠죠? 형이 공무원이라는 건 얘기 안 했어요."

"용감한 동생을 둔 형이라 그 정도는 늘 각오하고 사니까 내 걱정은 마. 내가 당해야 할 일이면 기꺼이 감수할 거야."

은기의 말에 천당과 지옥을 오갔던 마음이 눈 녹듯 했다.

*

아침부터 교실 안이 난로 위 주전자 물처럼 부글부글 끓었다. 아침 신문에 난 기사 때문이었다.

"어제 고대 형들이 깡패들한테 무지하게 맞았대."

"쇠망치와 몽둥이에 맞아서 다친 형도 있다던데?"

4월 18일 고려대학교 학생 3000여 명이 국회의사당 앞에서 부정선거 규탄 연좌시위를 벌였다. 평화적으로 시위를 마치고 돌아가는 학생들에게 일이 벌어진 건 종로 4가 천일백화점 근처였다.

미리 대기하고 있던 대한반공청년단 깡패들이 흉기를 휘두르며 학생들을 폭행한, 말도 안 되는 일이었다.

"창기라면 당장 나가자고 했을 텐데…."

"넌 창기가 어떻게 됐는지 알 거 아니냐?"

아이들이 현식을 빙 둘러쌌다. 현식은 간밤에 은기에게 전화 받은 일을 털어놓았다.

"그럼 아직도 경찰서에 잡혀 있다는 거야?"

창기와 함께 끌려갔던 반 아이들 네 명도 아침까지 돌아오지 않았다. 반 친구들은 밤새 갇혀 있었다는 사실에 분노했다.

'전화해 볼 걸 그랬나?'

현식의 눈길이 창기의 빈자리에 한참 머물렀다.

조회 시간도 아닌데 담임 선생님이 교실로 들어왔다. 꽉 다문 입술이 심상치 않아 아이들도 덩달아 얼굴이 굳었다. 아이들 하나하나와 눈을 맞춘 후에야 담임 선생님이 입을 열었다.

"… 부패하고 무능한 정부가 이제는 경찰도 모자라 깡패까지 동원해서 무차별 폭력을 자행했다는 소식을 들었을 겁니다. 나라를 이 지경으로 만든 건 우리 어른들의 잘못이 큽니다. 여러분에게 고개 숙여 깊이 사죄드립니다. 교사로서, 또 어른으로서 부끄럽지만, 여러분과 끝까지 뜻을 같이할 겁니다."

출석도 부르지 않은 채 담임 선생님은 교실을 빠져나갔다.

"무슨 일 있나 본데?"

"시위 때문인 것 같지 않아? 교무회의에서 오늘로 날 잡은 거 아냐?"

아이들이 고개를 맞대고 수군거렸다.

잠시 후 옆 반 아이가 학도호국단실에서 모인다며 반장을 불러냈다. 담임 선생님의 낯선 행동도 그렇고 학도호국단의 소집도 예상 밖이었다. 교실 안은 비장한 기운이 감돌았다.

"모든 어른이 잘못한 건 아니잖아. 경무대 안에 있는 사람들이 문제지."

"온 국민이 들고일어나서 끌어내려야 해."

아이들의 웅성거림은 운동장 쪽에서 들려오는 고함에 파묻혔다.

"우리도 나가자! 나와라! 나와라!"

아이들이 한꺼번에 복도 창문에 달라붙었다. 어상이를 포함한 학도호국단 간부들이 벌써 운동장에 모여 있었다. 3학년 형들이 시위를 결정했다는 반장의 말이 떨어지기 무섭게 반 아이들이 책상 위를 정리하기 시작했다.

3학년 교실에서 시작된 움직임은 곧 아래층으로, 옆 반으로 이어졌다. 몇몇 아이들은 운동장으로 나가자고 소리치며 각 반을 돌아다녔다. 모이자는 목소리들이 복도를 가득 채웠다. 갑작스러운 결정이었지만, 누가 등을 떠밀어서도, 강요해서도 아니었다.

"야, 어디 가?"

뒷문으로 빠져나가는 현식의 팔을 반 친구가 낚아챘다.

"창기가 승호 형 만나 보라고 했어. 중요한 일일 거야."

"그러면 우리도 같이 가야지."

대여섯 명의 아이가 함께하겠다며 현식 뒤를 따랐다.

현식과 아이들은 계단참을 내려오던 승호와 부딪쳤다.

"승호 형 맞죠? 형의 일, 우리가 도울게요."

승호는 아이들을 둘러보았다.

"창기는…."

현식이 무슨 말을 하려다 그만두었다. 2학년 아이들이 경찰서에 붙잡혀 간 일은 조회 때 승호도 들었을 것이다.

승호는 아이들을 끌고 온실로 갔다. 온실에 들어서자마자 승호는 바로 대나무가 쌓여 있는 곳으로 달려갔다.

"이걸 본관 창고로 가져갈래?"

말이 떨어지기 무섭게 아이들이 대나무를 어깨에 둘러멨다. 이 인삼각을 하듯 아이들이 발을 맞췄다. 서무과 직원들이 달려와 아이들을 막아섰지만, 기세를 꺾지는 못했다.

"현식라고 그랬지? 넌 나랑 갈 데가 있어."

승호와 현식은 사다리를 들고 본관 쪽으로 갔다.

"커튼을 떼어 내야 하니까 사다리 잘 잡아!"

"이걸로 현수막을 만든다고요? 역시 형은 천재예요."

사다리를 꽉 잡은 현식이 소리쳤다.

"유비무환하고 임전무퇴하면 백전백승, 몰라? 창기랑 똑같이 말하는 걸 보니 친구 맞네."

승호가 커튼을 힘껏 잡아당겼다. 생각보다 커튼은 깨끗했다. 커튼을 둘둘 말아 들고 창고로 오자 미자 누나와 아이들이 붓과 페인트통을 들고 왔다.

"페인트와 붓은 허락 없이 무단으로 가져온 걸로 해 주세요. 학교에서 학생들의 시위를 도왔다는 빌미를 주면 안 되니까요."

붓을 든 승호가 걱정스러운 얼굴을 감추지 못하는 서무실 박 선생을 향해 말했다. 박 선생의 떨떠름한 표정이 서서히 가셨다.


民主主義(민주주의) 死守(사수)하자


승호가 창고 시멘트 바닥에 커튼을 깔고 '民' 자를 썼을 때였다.

"글자가 바닥에 그대로 찍히는데…."

커튼을 들춰 보던 승호의 얼굴에 낭패한 기색이 역력했다. 잔뜩 긴장하며 지켜보던 아이들이 울상을 지었다.

"누나, 신문지 같은 거 없어요?"

창기였다. 급히 뛰어왔는지 숨이 거칠었다.

"어, 너 뭐야? 언제 나왔어?"

"조금 전에. 아무래도 여기 있을 것 같아서…. 그래도 내 말 안 잊었구나?"

창기가 미자 누나와 함께 철제 캐비닛에서 신문지를 꺼내 왔다.

"형, 여기로 옮기는 게 좋겠어요."

신문지 위로 커튼을 옮겨 놓자 승호가 다시 글자를 써 내려갔다. 미자 누나가 양동이의 비눗물을 풀어 바닥을 닦아 냈다. 아이들도 옷소매를 걷고 나섰지만 페인트 자국은 조금도 지워지지 않았다. 이대로는 경찰의 눈을 속일 수 없을 것 같았다.

"잠깐만 기다려 봐."

미자가 그 자리 위에 잡지 같은 잡동사니를 얹어 가렸다.


부정선거 중단하라

무저항주의 데모


경찰의 어떤 저지에도 평화로운 시위를 하겠다는 각오를 드러낸 글귀였다. 승호는 입을 앙다물고 손목에 힘을 실었다.

"시국에 딱 어울리는 문구 같지 않아?"

아이들의 말에 승호의 입가에 미소가 걸렸다. 페인트가 마르기 전에 아이들이 대나무에 현수막을 달았다. 복도에서 급한 발소리가 들렸다. 전단 등사를 끝낸 급사와 아이들이 운동장으로 나가는 모양이었다.

전교생이 운동장에 모였다. 아이들이 속속 모여들고 학교 바깥의 경찰도 점점 머릿수가 늘어났다. 얼핏 봐도 50명은 넘는 것 같았다. 아이들의 눈빛은 긴장감과 의연함으로 빛났다. 대운동장은 쑤셔 놓은 벌집이었다.

"저번에도 얘기했지만, 현수막은 제일 앞에 서는 3학년이 들어야 하지 않겠어?"

"그건 승호 형 말이 맞아."

현수막을 만드는 데 거들었던 아이들은 현수막을 들고 3학년 대열로 걸어갔다.

"와, 근사하다. 우리는 현수막까지는 생각 못 했는데…."

"승호 형이 문구도 쓰고 현수막도 만들었어요."

"아냐, 이 후배들이 도와줘서 가능했어."

현식과 아이들이 현수막에 적힌 구호를 차례로 읽어 나갔다.

잠시 후 교장 선생님이 연단에 올라섰다. 아이들을 부추겼다는 누명을 쓰고 화를 입을지 모를 일이라며 선생님들이 만류했다. 걱정하지 말라는 눈짓을 보낸 후 교장 선생님이 목소리를 가다듬었다.

"동성인답게 질서를 지켜 주기를 바랍니다. 대열이 흩어지지 않게 어깨동무로 스크럼을 짜고 한 사람의 낙오자도 없이 경무대까지 가서 우리의 뜻을 전합시다. 이번 시위는 우리나라 민주주의 역사를 새로 쓰는 시작점이 될 것이라고 확신합니다. 여러분, 당당히 나아갑시다."

급사와 몇 아이가 인쇄물을 아이들에게 나눠 주었다. 시위 결의문과 구호가 적힌 전단이었다. 3학년 대표 어상이 나와 결의문을 읽었다.

"저기 우리의 요구를 담은 현수막이 보이십니까? 다 함께 힘껏 외쳐 봅시다."

어상이 주먹 쥔 손을 높이 추켜올렸다. 3학년 학생들이 현수막을 높이 들었다. 4개의 현수막이 힘차게 바람에 펄럭였다.

"민주주의 사수하자!"

한목소리로 모은 함성은 운동장을 뒤흔들 정도로 우렁찼다. 스크럼이 완성되자 선생님이 앉았다 일어서는 연습도 여러 번 시켰다.

"경찰이 폭력을 가하거나 저지하더라도 절대 흩어지지 말고 자리에 앉아서 연좌시위를 한다. 경찰의 저지가 중단되면 다시 행진한다."

"예."

선생님의 당부에 아이들은 결연한 의지로 답했다.

드디어 시위대가 출발했다. 교가를 함께 부르고 구호를 외치며 교문을 나선 것은 오전 11시였다.

"우리도 대한민국 국민이다. 시위할 자유를 달라."

어느새 몰려왔는지 중학생들도 시위 대열 뒤쪽에 따라붙었다. 책가방을 들고 있는 걸 보니 집에도 안 가고 교문 밖에서 기다렸던 게 분명했다. 중학교 1·2학년은 1교시 수업을 마치고 집으로 돌려보내기로 했다. 담임 선생님들이 나서서 귀가를 다독이다 먹혀들지 않으면 윽박질렀지만 소용없었다. 마구잡이로 달려드는 중학생들을 중간에 세우고 대열의 앞과 뒤를 고등학생들이 호위했다. 아이들이 다시 스크럼을 짰다. 시위 대열이 서서히 움직이기 시작했다.

시위 대열이 언덕을 내려오자 굳게 닫혔던 교문이 활짝 열렸다. 교문을 벗어난 시위 대열은 왼쪽으로 꺾어져 종로 5가 방향으로 향했다.

"부정선거 중단하라."

"독재정권 물러가라."

"민주주의 사수하자."

길가에 나와 있던 사람들이 응원과 지지의 박수를 보냈다. 함성이 점점 커졌다.

시위대 뒤를 대학생 형들이 뒤따라온다는 든든함에 아이들의 발걸음은 더욱 의젓해졌다.

"압박과 설움에서 해방된 민족…."

〈통일 행진곡〉이 흘러나왔다.

"전우의 시체를 넘고 넘어 앞으로, 앞으로…."

〈전우가〉도 들렸다.

"백차 온다, 백차."

백차가 사이렌을 울리며 쫓아오자 선두에서 다급한 목소리가 들렸다. 뒤이어 백차에서 내린 경찰들이 몽둥이로 학생들을 위협하고 소방차에선 시위대를 향해 물세례를 퍼부었다. 틈틈이 "스크럼을 깨지 마라"라는 고함이 들렸다.

"민주주의 바로잡자."

"경찰은 학생에게 폭력을 쓰지 마라."

아이들이 끊임없이 소리치며 어깨를 잡은 팔에 단단히 힘을 실었다. 군중들의 환호성 섞인 응원이 이어졌다.

"고등학생들까지 나섰으니 이번 시위로 세상이 바뀔지도 모르겠군."

을지로 반도호텔 앞을 지날 때는 기자들이 대열 앞까지 뛰어와서 카메라 셔터를 눌렀다.

"저 어르신 좀 봐!"

누군가의 말에 모두 고개를 돌렸다.

"대한 독립 만세!"

흰 모시 두루마기에 중절모를 쓴 노인이 지팡이를 땅에 놓고 소리 높여 만세를 불렀다.

"민주주의 사수하자!"

아이들이 화답하듯 구호를 외쳤다.

시청 앞은 시내 곳곳에서 달려온 중고등학생과 대학생으로 발 디딜 틈이 없었다. 시위대는 질서를 지켜 도로에 앉아 연좌시위에 들어갔다.

"저기 형님 같은데? 얼른 고개 숙여."

옆에 있던 현식이 창기의 옆구리를 찔렀다. 창기는 더욱 고개를 빳빳하게 세웠다.

"형이 나한테 뭐라고 한 줄 알아? 내가 동생인 게 자랑스럽다고 그랬어."

창기의 말에 현식이 믿기지 않는다는 듯 눈을 홉떴다.

창기가 사람들 속에서 열심히 구호를 외치는 인기를 가리켰다.

"민주주의 사수하자!"

창기와 현식이 사람들을 향해 목소리를 높였다. 광장의 사람들의 힘찬 함성이 4월의 하늘 속으로 퍼져나갔다.

난 프락치가 아니다

이 글은 《광장에 서다》(별숲, 2017)에 수록한 〈우리는 기계가 아니다〉를 수정
한 것입니다.

재봉틀 소리와 시다들의 고함으로 공장 안은 장터만큼이나 시끄러웠다. 새벽 시장에 내놓을 봄 잠바의 마무리 작업 때문에 눈 깜박할 틈도 없이 바빴다. 재단 칼이 만질만질한 원단 위를 빠르게 달렸다. 태일 형의 칼질을 보면 손가락에 눈이라도 달린 것 같다. 통일상가 최고의 재단사라더니 헛말이 아니었다.

'와! 나는 언제쯤 재단사가 될 수 있을까?'

태일 형이 자른 천을 한쪽으로 밀기 무섭게 옥자가 쏜살같이 달려와 기레빠시(재단하고 남은 원단 조각)를 주웠다. 미싱에 기름을 먹일 때 필요하기 때문이었다.

'진짜 못 말린다니까.'

굵은 대자를 손바닥에 딱딱 내리치며 사장이 불쑥 들어왔다. 커피라도 한 잔 얻어 마셨는지 사장 얼굴에서는 웃음기가 가시지 않왔다.

"밥은 묵었나?"

사장이 먼저 아는척할 때는 놀림당하는 것처럼 찜찜했다. 또 뭔 일이람? 필요할 때만 아는척하는 것도 마음에 안 들긴 매한가지였다.

"보리밥을 먹었는지 먼지 덩이를 먹었는지 모르겠어요."

속이 뒤틀려 말본새가 고울 리 없었다. 딱딱하게 굳은 보리밥을 억지로 넘겨서인지 자꾸 목이 멨다. 거푸 물을 마셨더니 아까부터 속이 부글부글 끓었다.

"친척이라면서 점심 한 끼도 사 주지 않고선. 야박하긴."

태일 형이 콧등을 찌푸리며 낮게 웅얼거렸다.

공장의 다른 사람들에게 지주 듣는 말인데도 신경이 곤두섰다. 공장에 들어올 때부터 내가 사장의 친척붙이라는 소문이 자자하게 돌았다. 아는 사람의 소개로 왔다는 말이 엉뚱하게 친척으로 둔갑한 것이다. 그 일로 득 본 적도 없는데, 무슨 얘기를 하다가도 지레 입을 싹 닫을 때는 억울하고 분했다.

"윙윙."

공장 안을 가득 메운 소음 사이로 짜증 섞인 사장 목소리가 들렸다.

"가시나야, 그러다 손가락 빙신 되믄 시집도 못 간다 안 했나?"

미순 누나가 또 깜박 졸았나 보다. 내리 사흘째 야근이니 몸이 무쇠라도 버텨 내지 못했을 거다. 트집 잡아 월급 한 푼이라도 깎으려 드는 사장한테 빌미가 될까 봐 간이 졸아붙었다.

"존 거 아니에요. 형광등 불빛에 눈이 침침해서 그래요."

국민학교(초등학교)만 졸업하고 바로 미싱 일을 시작한 미순 누나는 번 돈을 모두 시골집에 보냈다. 그날 작업한 수량만큼 급여를 받는 터라 명절에도 일을 놓지 않았다. 시다 보조에서 미싱사가 된 지난 추석에 미순 누나는 고향을 다녀왔다. 옥상에서 부딪칠 때마다 미순 누나는 식구들에게 '왜 그렇게 말랐냐?'는 걱정을 들었다며 햇볕이라도 실컷 쬐어 봤으면 원이 없겠다고 한숨을 쉬었다.

공장 여기저기에서 연신 콜록거리는 기침 소리가 들렸다. 원단에서 나오는 먼지와 옷에서 뜯어낸 실밥이 뒤엉켜 공장 안은 사방이 먼지 구덩이다. 두꺼운 겨울옷을 만들 때는 한 움큼 되는 먼지 뭉치를 걷어 내야 밥을 먹을 수 있을 정도였다. 그러다 보니 매캐한 연기를 마신 것처럼 목구멍은 늘 칼칼했고, 걸핏하면 목이 잠겼다. 눈이 부실 정도로 밝은 형광등 덕분에 그나마 뿌연 먼지기둥이 보이지 않는 게 다행이라면 다행이었다.

"얘는 그새 어디로 간 거야? 재단 보조, 2번 시다 불러서 이거 시아게(끝손질)한테 가져다주라고 해."

재단 보조는 내 이름이고 2번 시다는 옥자 이름이다. 미순 누나의 호통에 퍼뜩 정신이 났다. 바빠 죽겠는데 빤질거린다는 미순 누나의 잔소리가 미싱 소리에 섞여 잘 들리지 않았다. 옥자부터 찾아야 했다. 급히 일어서다 천장에 머리를 찧었다. 좁은 공장을 넓게 쓰려고 사장들은 1층을 나누고 2층에 다락방을 냈다. 평화시장 내 700개나 되는 공장이 다 거기서 거기였다. 두 평 남짓한 작업장에서 열세 명이 일하는 창별사에 비하면 이곳은 운동장이다. 옆 동화상가와 통일상가의 공장들이라고 여기보다 나을 것도 없었다.

"옥자 좀 찾아봐. 아침부터 기침이 심하던데 각혈은 안 했나 모르겠네."

아까와 달리 미순 누나의 목소리가 많이 누그러졌다. 병이 들통 나면 월급도 못 받고 쫓겨날지도 몰랐다.

"일은 나중에 해도 돼. 사장님 들어오시기 전에 얼른."

미순 누나는 태일 형이 눈치채지 못하도록 하라며 더욱 말소리를 낮췄다. 태일 형이 알면 만사 제치고 옥자를 찾아 나설 것이기 때문이다.

건물 곳곳을 몇 번이나 뒤지고서야 옥상 계단참에서 옥자를 발견했다. 무릎에 얼굴을 파묻은 옥자의 어깨가 들썩였다. 미싱 시다인 옥자는 서울에 식모살이하러 왔다가 동화상가에서 일하는 친구 소개로 공장에 들어왔다. 주인아저씨가 집적거리는 것도 치가 떨렸지만 어린 것이 되바라지게 남편한테 꼬리 쳤다며 몰아세우던 주인아주머니도 견디기 힘들었다고 했다. 몸은 고달파도 어리고 가난하다는 이유로 무시당하지 않는 여기가 좋다며 옥자는 환하게 웃었다.

"보조 오빠야, 예서 미싱사 되려면 미싱 바늘에 손가락을 세 번 이상 찔려야 한다 카더라. 난 벌써 세 번 찔렸으니까 곧 미싱사 되겠제?"

미순 누나가 약속한 급여에 웃돈을 얹어 주기로 했다며 옥자는 잠 안 오는 주사까지 맞아 가며 억척을 떨었다. 웃는 옥자의 눈자위가 거무스레했다.

"병원에는 가 봤어?"

하나 마나 한 말이었다. 방세에다 버스비 빼고, 남은 돈을 고향에 부치고 나면 삼시 세 끼 먹는 것도 버거운 처지일 텐데 병원이라니. 꼬박 열여섯 시간씩 일해도 하루에 고작 커피 값 정도의 급여를 받는 게 시다들의 처지였다.

"저번 건강 검진 때 아무 이상 없다 캤는데."

그 말도 끝내지 못하고 옥자가 밭은기침을 쏟아 냈다.

"순전히 눈속임으로 하는 건강 검진을 어떻게 믿어."

해마다 평화시장 주식회사에서는 공장마다 두세 명씩 뽑아 지정 병원에서 키와 몸무게를 재고 필름도 없는 엑스선 촬영을 했다. 이런 엉터리 검사로 사장들은 건강 검진을 받은 것처럼 꾸며 노동청에 올렸다.

"사장님한테는 아무 말 안 할 거제? 예서 쫓겨나면 큰일잉게. 오빠야 공부도 그렇고…. 온 식구가 내만 쳐다보고 있는디."

옥자 눈에 눈물이 그렁그렁 차올랐다. 친척이 아니라는 걸 번연히 알면서도 껄끄럽게 대하는 공장 식구들과 달리, 옥자는 내 눈이 친오빠와 닮았다며 유난히 살갑게 굴었다. 올해 열네 살인 옥자는 여동생 순애랑 동갑내기다. 한창 애교 떨고, 멋 부리는 데 열 올릴 나이에 다리도 못 펴고 일하는 옥자를 보면 고향 집 순애가 떠올랐다.

"누나한테 잘 말해 줄 테니까 빨리 들어와. 사장님 눈에 띄지 않게 조심하고."

그런 말밖에 해 줄 게 없었다. 고개를 끄덕이며 옥자는 땟국물이 줄줄 흐르는 손수건으로 눈가를 훔쳤다.

"저러다 병만 얻고 쫓겨날 거야. 우리 같은 여공들이야 파리 목숨이니까."

말은 하지 않았지만, 옥자는 다음 달, 어쩌면 더 빨리 청계천에서 못 볼지도 모른다.

옥자를 달래고 공장 안으로 들어서자 미순 누나가 눈짓으로 불렀다.

"옥자 찾았지?"

"병원에 가 봐야 할 것 같던데 안 간다고 고집부려요."

옥자 처지도 화나고 남의 일 같지 않은데도 마음과 달리 심통스럽게 말이 튀어나왔다.

며칠 뒤 옥자는 공장에서 쫓겨났다. 그날 미순 누나도 나도 눈물을 삼키며 잘 지내라는 옥자를 따라 나가지 않았다. 나중에야 옥자가 고향에 내려갔다는 말을 건너 건너 들었다.

*

내가 태일 형을 알게 된 건 형이 우리 공장에 재단사로 들어오면서였다. 공장 생활을 시작하면서부터 태일 형은 나의 목표가 되었다. 형이 나와 똑같은 열일곱 살에 봉제공장 시다를 시작했다는 게 그런 꿈을 꾸게 했다. 1년 만에 다시 돌아온 태일 형 뒤에서 사람들은 큰집(교도소)에 다녀왔다는 둥, 노동운동 때문에 빨갱이로 몰려 잠적했었다는 둥 뒷소리를 했다.

첫날부터 태일 형은 내 눈에도 별스럽게 보였다. 재단사면 재단사 일만 하면 되지 사람들을 모아 친목회를 만들고 노동 환경에 대한 설문 조사를 하지 않나, 시청 근로 감독부와 노동청에 진정서를 내겠다며 밤낮없이 뛰어다녔다. 같은 처지에 누가 누구를 구하겠다는 건지 나 역시 이해가 안 갔다.

태일 형은 상가 앞 구루마에서 산 호떡과 풀빵을 시다들에게 나눠 주었다.

"시다들 보면 동생 생각이 나서."

평화시장에서 제일 많은 월급을 받으니 생색낼 여유가 있나 보지 하며 가볍게 넘겼다. 한참 뒤에야 그런 날에는 버스비가 없어 집까지 걸어간다는 말을 건너 건너 들었다. 그런 말을 들으면 웬 오지랖인지 싶어 부아가 났다.

재단사 친구들을 모아 '바보회'라는 모임을 만들었던 태일 형은 진즉부터 공장 사장들과 경찰, 노동청에 찍힌 상태였다. 다들 달걀로 바위 치기라고 했던 그 일로 청계천에서 쫓겨났다가 1년 만에 다시 돌아왔다. 요주의 인물이라는 걸 알면서도 셈이 밝은 사장이 태일 형을 받아들인 데는 분명 무슨 꿍꿍이가 있는 게 분명했다.

아래층에서 두런거리던 미싱 누나들의 말소리가 끊이지 않았다. 오전 일이 끝나고 잠시 숨을 고르고 있는데 태일 형이 뜬금없이 물었다.

"선생님이 꿈이라며?"

그 말은 막 아물어 가던 상처를 헤집은 고통이었다.

"누가 그래요?"

죽어라 감추고 싶은 비밀을 들킨 것처럼 얼굴이 화끈했다. 누구나 남의 잘린 손가락보다 내 손톱 밑 가시가 더 아픈 법이다.

아버지가 탄차에 깔려 다리를 잘리기 전만 해도 나에겐 꿈이 있었다. 인생 막장이라는 탄광까지 내몰렸다가 이젠 평생 불구로 살아야 하는 아버지, 아버지 대신 선탄부로 가족 생계를 책임져야 하는 어머니, 어린 동생들⋯. 막장에서 캐낸 석탄 중에서 폐석과 잡목을 골라내는 선탄부 일은 허약한 어머니에게는 힘에 부쳤다. 갑반(아침에 출근해 저녁에 퇴근하는 근무조)에 걸릴 때면 어머니는 도시락 싸고 아침밥에다 아버지 끼니까지 챙기고 나가기 위해 새벽 네 시부터 종종걸음을 쳤다. 어머니의 고단함을 애써 무시한 채 나는 꾸

역꾸역 학교에 나갔다. 어떻게든 공부만은 포기하지 않으려고 발버둥 쳤지만 오래 버티지 못했다.

"종식아, 공부는 언제든 다시 할 수 있어. 네가 꿈을 버리지 않는다면…. 하늘은 스스로 돕는 자를 돕는다고 하잖니?"

담임 선생님의 말 때문만은 아니었다. 몇 달째 육성회비가 밀리고, 지쳐 가는 어머니와 병든 아버지, 어린 동생들을 생각하면 아침마다 책가방 들고나오는 게 죄스러웠다. 고등학교에 입학하고 석 달 뒤 어머니가 다니는 덕대(하청 탄광) 사장의 소개로 서울에 올라왔다. 봉제공장 사장은 덕대 사장의 먼 친척뻘이었다. 그게 내가 사장의 조카라는 소문의 꼬투리가 되었지만.

"넌 꼭 대학 가서 나랑 친구 하자. 대학생 친구가 한 명 있었으면 했거든."

내가 얼빠진 얼굴로 쳐다보자 태일 형의 입이 위로 올라갔다.

"내가 초등학교 중퇴거든. 너 근로기준법이라고 들어 봤어?"

헌법, 국가보안법 이런 건 수업 때 들은 것 같았지만 근로기준법은 처음 들었다.

"그 책을 읽어야 하는데 죄 한자여서 한 장 읽는데 며칠씩 걸려. 대학생 친구 있으면 좀 빨리 읽을 수 있을 거 아냐?"

태일 형의 말에 헛웃음이 났다.

"근로기준법은 우리 같은 사람한테 꼭 필요한 법이야."

태일 형은 공장에서 일하는 사람이면 누구나 알아야 하고, 노동자면 정당하게 요구할 수 있는 권리를 법으로 정해 놓았다고, 우리처럼 가난하고 힘없는 노동자들이 겪는 부당한 현실을 바로잡을 수 있는 건 근로기준법밖에 없다고 했다. 낮지만, 잔뜩 힘이 들어간 목소리였다.

"근로기준법에는 하루에 여덟 시간, 일주일에 48시간만 일하라고 돼 있어. 일요일에는 무조건 쉬어야 하고, 여자와 열여덟 살 안 되는 어린 노동자에게는 야간작업을 시킬 수 없고 제대로 된 건강검진을 받을 권리도 있다고…."

태일 형은 숨을 아껴 가며 근로기준법에 관해 설명했지만, 귀에 들어오지 않았다. 이제까지 살아오면서 잘나고 힘센 사람들을 편드는 게 법이라고 생각했다. 평생을 바쳐 일한 막장에서 다쳤을 때도 법은 아버지가 아니라 광업소 사장을 편들었다. 그런 법이 세상에 있을 리 없었다.

"말도 안 돼요. 그런 법이 버젓이 있는데 왜 사장들은 안 지키는데요? 그런 지키지도 않을 법을 누가 만든 거냐고요."

"우리가 법에 관해 너무 몰라서 제대로 대접 못 받는다고 생각해 본 적은 없어?"

삐딱하게 구는 나에게 태일 형이 되물었다. 평화시장 사람들은 한 달에 고작 두 번 쉬고 야간작업을 밥 먹듯 했다. 하루 100원도 안 되는 일당을 받고 하루 열여섯 시간씩 일했다. 햇빛이 들지 않는 좁은 공장에서 일하느라 눈병과 신경통, 위장병, 폐렴에 시달리는 사람이 대부분이었다. 근로기준법에는 건강 검진을 받게 돼 있지만 여기 온 지 두 해가 넘도록 나는 병원 근처에도 못 가 봤다. 시무룩한 얼굴을 하자 태일 형은 내 속을 들여다보기라도 한 듯 씁쓸하게 웃었다.

"글쎄 말이다. 저 위 높은 사람들은 힘없는 우리보다 사장 편이 니까."

다시 재단 칼을 잡으며 형은 노동자가 인간답게 살게 해 주는 그 법이 제대로 지켜지는 그날까지 싸울 거라고 했다. 불을 쏟아 낼 듯한 눈빛이 등 뒤에 달라붙었다. 처음으로 일한 만큼 정당한 대가의 월급을 받고 국경일과 일요일에는 쉬고 환풍기 있는 작업 장에서 일하며, 1년에 두 번은 건강 검진을 보장해 주는 그런 회사 에서 일한다면 얼마나 좋을까? 그런 생각을 했다.

*

사장이 오라고 한 다방은 통일상가 1층에 있었다. 사장이 늘 다 니는 다방은 공장 근처가 아니라 한참 떨어진 평화시장에 있었다. 겨울이 가까워서인지 잠바 속을 파고드는 바람이 선득선득했다. 아버지의 잘린 다리가 썩고 있어 원주 큰 병원에 가야 하는데 돈 을 마련해 볼 수 없겠냐는 순애 편지를 받고 며칠을 끙끙 앓다 어 렵게 사장한테 가불을 부탁했다.

"지금 누구 염장 지르냐? 먹고 죽을라 캐도 돈 씨알이 다 말랐구먼…."

내 말에 사장은 앓는 소리부터 했다. 진즉에 보상금 협상을 잘 했어야 한다고 잘난 척하더니 가난은 나라님도 구제하지 못하는 법이라며 발뺌했다. 며칠 사이 사장의 마음이 바뀌었을지도 모를 일이었다. 갑작스러운 호출에 공연히 마음이 달떴다.

다방 안에 들어서자 자욱한 담배 연기와 매캐한 냄새가 코를 찔렀다. 의자 끄트머리에 간신히 엉덩이를 걸친 사장이 형사와 무슨 이야기를 하다가 나를 보고 흠칫했다. 사장의 다급한 손짓에 형사는 쫓기듯 무언가를 속주머니에 구겨 넣었다. 그는 한 달 전 신문 기사 때문에 평화시장에 파견 나온 정보계 오 형사였다. 태일 형과 삼동회 주변을 맴돌면서 밥도 사 주고 어려운 일이 있으면 도와주겠다며 접근해서 필요한 정보만 빼 간다고 했다. 강압적이고 공장 사람들을 무시하던 예전 형사들과는 다른 것 같다는 말이 돌았지만 마음을 놓을 인상은 아니었다.

탁자 바로 앞까지 갔을 때 허둥대며 사장이 눈을 찡긋했다. 오형사의 말을 끊으려는 행동이었다. 사장의 눈짓을 못 봤는지 오 형사는 태일 형 때문에 여간 성가신 게 아니라는 둥 말썽거리는 처음부터 싹둑 잘라 내야 한다는 둥 연신 볼을 씰룩거렸다. 오 형사의 말대로 형은 요즘 부쩍 더 바쁜 듯했다. 일이 끝나도 곧장 집으로 가는 눈치가 아니었다. 점심에는 밥 먹는 시간도 아깝다며 종이 뭉치를 들고 나가기도 했다.

"제가 말한 그 아이입니다. 형사님께서 네 아버지 일을 들으시고 거기 경찰서에 아는 사람이 있어 힘써 준다니, 여기 앉아 봐라."

사장이 어설픈 웃음을 흘리며 나를 끌어 앉혔다. 가죽 소파에 몸을 반쯤 누인 채 발을 꼬고 앉은 오 형사의 입가에서 어색한 웃음이 번졌다. 사장이 얼른 마담을 불러 사이다 한 잔을 시켰다. 순간 배부르게 쌍화차나 사 주면 좋을 텐데, 그런 생각을 했다.

"종식이라고 그랬던가? 재단 보조라고?"

오 형사는 뾰족한 턱을 문지르며 연신 눈알을 돌렸다. 바짝 언 나는 탁자 위 얼룩만 뚫어져라 내려다보았다.

"몇 달 지나면 2년 차 들어가지, 안 그러냐?"

"김 사장이 눈치 빠르고 일 잘한다고 네 칭찬이 대단하더라."

사장을 흘깃 보며 오 형사는 입에 발린 말로 나를 띄웠다. 어른들이 거절하지 못할 말을 꺼낼 때 저런다는 걸 알기에 영 거북했다. 오 형사는 막냇동생 같아서 무슨 일이든 도와주고 싶다며 달콤한 말을 거푸 해 댔다. 서울살이하면서 그런 사탕발림이라면 숱하게 들어 왔고 자기가 한 말도 속옷 뒤집듯 하는 어른들도 많이 봤다.

갑자기 말결을 바꾸며 오 형사가 소파 끝으로 몸을 내밀었다.

"아버지가 많이 다치셨는데 보상금도 못 받았다며?"

아버지라는 말에 울음덩어리가 가슴에 턱 걸렸다. 사장이 고개를 주억거렸다.

"황지 경찰서장이 우리 경찰서장님이랑 동기라는군. 여기 김 사장한테 네 사정 듣고 서장님께 말씀드렸더니 널 도와주고 싶으시다고….”

“이렇게 고마울 데가. 종식아, 얼른 고맙다고 인사드려라. 나 같으면 진즉에 무릎 꿇었을 거다.”

가불을 거절할 핑계가 생겨서인지, 사장 입이 귀밑까지 찢어졌다.

“거기가 정식 인가를 받은 광업소가 아니라 덕대라면서? 당연히 산재(산업재해 보험) 대상도 아니고, 말 들어 보니 사장 놈이 천하의 날강도더구먼. 서장님이 이번 기회에 보상금도 제대로 받아 주고 네 어머니도 다른 광업소로 옮기도록 힘써 보겠다고….”

오 형사가 제 공인 양 거들먹댔다. 구름을 탄 것처럼 어떤 기대가 속에서 들끓었다. 그렇게만 된다면 집안 걱정, 동생들 걱정에서 벗어나 검정고시를 준비할 수 있을지도 모른다. 당장 형사의 바짓가랑이라도 잡고 싶은 심정이었다. 벌떡 일어나 넙죽 절했다.

“그래서 말인데….”

찻잔을 휘휘 저으며 딴전 피우는 오 형사 대신 사장이 느물거리며 말했다.

“재단사한테서 수상한 점 발견하면 나한테 조용히 알려야 한다. 네가 어떻게 하느냐에 따라 형사님도 서장님한테 말할 건더기가 생기는 거고 말이다.”

왜 그래야 하냐고 묻지 않았다. 지금 더 중하고 급한 일이 뭔지 그것만으로도 머리가 터질 것 같았다.

다음 날부터 나는 아침마다 작업 오더를 받는다는 핑계로 사장실에 들어갔다. 전날 태일이 형이 언제 출근했고 점심때 누구를 만났고, 저녁에 어디 가는지를 보고했다. 별로 어려운 일은 아니었지만, 프락치가 된 것 같아 찜찜했다. 나와는 달리 태일 형은 한결같았다. 어떤 날은 사장 귀에 들어가기를 바라기라도 한 듯 구체적인 장소까지 말해 주기까지 했다. 떳떳한 일을 하면 남한테 굽신거릴 이유가 없다는 걸 증명이라도 하듯.

*

출근했더니 태일 형이 보이지 않았다. 다른 날 같으면 공장 안을 물걸레로 밀고 원단까지 말끔하게 정리해 두었을 형이다. 전날 특별히 들은 말이 없어 좌불안석이 따로 없었다. 그사이 프락치 노릇을 제대로 못 했다고 트집 잡아 없었던 일로 하자 그럴까 싶어 마음이 바짝 졸았다. 한 시간쯤 지나서야 형이 들어왔다. 헐레벌떡 뛰어왔는지 숨도 거칠었다.

"어디 아파요? 얼굴이 안 좋은데."

"괜찮아. 통금에 걸려 파출소에서 밤새워서 그래. 죽어라 왔는데도 지금이네. 미안해."

말소리를 들었는지 사장이 벌컥 문을 열고 나왔다. 몇 번이나 눈짓을 보냈지만 태일 형은 사장을 못 본 모양이었다.

"일 끝나면 제꺼덕 집에 들어갈 것이지 맨날 모여서 무슨 작당

인지. 어디 나 혼자만 잘살자고 이런 거냐? 우리 공장이 잘돼야 너희도 기 펴고 사는 거지. 안 그래?"

태일 형이 무슨 말을 하려다 입을 다물었다. 미꾸라지 한 마리 어쩌고 떠들 법한 사장이 태일 형과 눈이 마주치자 마른기침을 쏟았다. 단단히 미운털이 박힌 형이라 무슨 말을 했어도 결과는 매한가지였을 거였다. 다른 날 같으면 앞으로 그럴 일 없을 거라고 너스레를 떨었을 형인데 아무 말도 하지 않았다.

"오늘 야근이니까 다들 수고해 주고, 종식아, 나 점심 먹고 들어올 테니까 단도리 잘해라."

사장이 없을 때 공장 사람들을 다잡는 건 재단사 몫이었다. 내가 예뻐서가 아니라 태일 형을 없는 사람 취급하는 의중을 드러낸 말이었다.

바쁜 하루가 시작되었다. 미싱사 시다들의 수첩에다 일감 내용과 품목을 적어 확인해 주고, 단추와 지퍼 같은 것을 챙겨 주느라 오전이 어떻게 지나갔는지 몰랐다. 점심부터 형이 이상했다. 어지럼증 때문인지 자주 재단판에 손을 얹고 밭은 숨을 내쉬었다. 간신히 재단 칼을 잡는가 싶더니 풀썩 손이 아래로 떨어졌다. 저러다 원단이 찢어지거나 흠집이 날 텐데. 사장이 알았다가는 불호령으로 끝나지 않을 일이었다.

"많이 아픈 거 아니에요?"

형의 이마 위에 식은땀이 송골송골 맺혀 있었다. 파리한 얼굴과

거친 숨소리가 금방이라도 쓰러질 것 같았다.

"종식아, 아무래도 조퇴해야겠어."

"사장님한테 잘 말할게요. 바쁜 일은 얼추 끝났으니까 나머지는 제가 알아서 하면 돼요."

서 있기도 힘든지 태일 형은 고맙다는 말도 간신히 했다. 태일 형의 빈자리를 메우느라 끼니도 대충 때웠다. 그러느라 형 일은 까맣게 잊고 있었다. 밤이 깊어서야 공장에 돌아온 사장이 형을 찾았다. 더듬거리며 형이 조퇴한 사정을 얘기했다. 아프면 쉬어야지 별수 있겠냐는 사장의 말에 내심 안도했다. 매일 야근을 시키는 게 미안해서 그런가 싶기도 했다.

다음 날, 사장이 형과 나를 같이 불렀다. 형은 별일 아닐 거라며 나를 안심시켰다. 유들거리는 사장 얼굴을 보니 마음이 조마조마했다.

"니가 날 우습게 아는 거지? 어떻게 말도 없이 조퇴해? 네 맘대로 나왔다 말았다 할 거면 당장 때려치워."

사장은 아프다는 건 핑계 아니냐며 성질까지 부렸다. 아픈 게 어디 시간 봐 가면서 아프겠냐고 했던 어젯밤과는 말이 달랐다. 태일 형을 편들어야 하는데 입이 떨어지지 않았다. 내 말에 사장이 마음을 바꿀 리 없다는 생각에다 지금은 사장의 비위를 맞춰야 한다는 마음이 보태져 어정쩡하게 서 있었다.

10월 7일, 그날은《경향신문》에 평화시장 기사가 실린 날이었다. 태일 형과 삼동회 소속 재단사들이 몇 달에 걸쳐 돌렸던 설문지에 대한 기사였다. 삼동회는 태일 형이 평화시장에 돌아오자마자 옛날 바보회 회원들을 모아 만든 재단사들 모임이었다. '삼동'은 평화시장, 동화상가, 통일상가, 세 동의 건물을 가리키는 말이다. 위험인물, 불순분자로 낙인이 찍혀 종일 감시를 받았지만, 형은 떳떳한 일인데 숨어서 할 이유는 없다며 당당했다. 밤을 새워서라도 공장 일에는 차질 없게 맞추니 사장에게 꼬투리 잡힐 일도 없었다.

　공장에 들어서자마자 미순 누나가 손짓으로 나를 불렀다.

　"태일이가 이번엔 제대로 사고 쳤더라. 저번에 설문했던 게 신문에 실렸다던데, 들었어?"

　미순 누나의 얼굴이 발갛게 달아올라 있었다. 내가 고개를 끄덕이자 미순 누나가 잔뜩 목소리를 낮췄다.

　"저번에 설문지 가져왔을 때 태일이한테 왜 이런 걸 하냐고 물었거든. 그랬는데 뭐라고 했는 줄 알아? 아버지를 원망하기 전에 아버지가 무엇을 잘못했는지 알려 주는 게 자식의 도리이기 때문이래."

　"…"

　"대통령과 노동청 장관은 우리 같은 사람들에게는 아버지라는 거지. 아버지가 자식이 무엇을 힘들어하는지, 자식을 힘들지 않게 하려면 어떤 일을 해야 하는지 알려 주기 위해서라는 거야. 네가 그런 조사 해서 뭐가 달라지겠냐? 우리 말을 누가 들어주겠냐고 성질을 부렸는데, 그게 신문에 났다니 정말 굉장하지 않아?"

미순 누나까지 이럴 정도면 정말 대단한 일인 듯싶었다. 누나한테 어떻게 실렸냐고 물어볼 틈도 없었다. 문을 빼꼼 연 사장이 빨리 오라고 소리쳤기 때문이다.

"너도 설문에 참여했냐?"

대놓고 윽박지르는 사장에게 졸아 고개를 끄덕였다. 사장이 이렇게 나오는 걸 보니 태일 형이 벌인 일이 작은 일이 아니라는 확신까지 들었다. 내가 머뭇대자 사장은 정신이 있냐며 더 크게 소리를 질렀다.

"사장님도 오 형사님도 태일 형한테 의심 사지 않게 하라면서요?"

설문 조사한 게, 힘든 일 생긴 거냐고 물어보고 싶었다. 손을 홰홰 젓고 끙끙 앓던 사장이 태일 형이 어디 있는지, 당장 데려오라며 호통을 쳤다. 태일 형이 먼저 사장과 오 형사한테 한 방 먹인 거같아 속웃음이 났다.

상가를 나가자마자 신문을 잔뜩 안은 태일 형이 보였다. 형의 어깨에 두른 '평화시장 기사 특보'라고 쓴 글자가 눈에 들어왔다.

"종식아, 여기 신문 좀 봐라. 우리가 드디어 해냈어."

신문을 내밀어 보이는 형의 목소리가 떨렸다.

'골방에서 하루 16시간 노동'이라는 제목 아래 '소녀 등 2만여 명 혹사', '거의 직업병 앓아… 노동청 뒤늦게 고발키로', '근로 조건 0점… 평화시장 피복공장'이라는 부제를 단 기사가 사회면을 채우고 있었다. 마지못해 응한 설문 조사였는데 우리 이야기가 버젓이 신문에 실렸다는 게 믿기지 않았다. 벌써 소문이 돌았는지 상가 곳곳에서 삼삼오오 사람들이 빠져나왔다. 삼동회 형들의 얼굴도 보였다.

"언니, 우리 얘기가 신문에 실렸대."

"이게 다 태일이와 삼동회 덕분이지, 안 그래요?"

사람들이 하나둘 몰려들어 국민은행 앞 거리는 환호로 들끓었다. 태일 형은 옆에 다가오는 사람들에게 신문을 쥐여주었다. 공짜로 받을 수 없다며 손을 내젓는 이들에게는 300부나 샀다며 미안해할 것 없다고 했다. 어이없었다. 형에게 그럴 만한 돈이 있을 리 없었다. 점심을 굶는 공장 식구들에게 풀빵을 사다 주고는 물로 배를 채우고 쌍문동 집까지 걸어가기 일쑤인 형이었다.

"나도 한 부 주시오."

평화시장에서 청춘을 다 보낸 옆 공장 재단사였다. 신문을 받아든 재단사는 "자네가 해낼 줄 알았네"라며 태일 형에게 고맙다고 했다. 그가 주머니에서 꺼낸 돈뭉치를 보고 형의 눈이 휘둥그레졌다. 신문 한 부 가격은 20원인데 그가 내민 돈은 1000원이었다.

"괜찮습니다. 이건 제 돈으로 샀는걸요. 형님이 봐 주는 것만 해도 고맙죠."

"자네가 무슨 돈이 있겠나? 빚을 냈거나 뭘 저당 잡혔을 게 뻔한데."

"이렇게 좋은 일에 썼으니 시계도 아마 영광이라고 생각할 겁니다. 하하."

그러고 보니 형이 늘 차고 있던 손목시계가 보이지 않았다. 단벌인 양복바지도 주름이 서도록 매일 다려 입고 잠바 윗주머니에 선글라스를 넣고 다닐 만큼 멋쟁이인 형이 패션의 완성이라며 자랑하던 그 시계였다.

"이건 신문값이 아니라 자네가 하는 일을 후원하는 돈이니 받아주게."

"감사히 받겠습니다. 청계천 노동자들을 위해 의미 있게 쓸게요."

그제야 환한 얼굴로 태일 형이 돈을 받았다. 햇볕을 쬐러 나온 누나와 형들이 삽시간에 태일 형을 둘러쌌다. 신문에 실린 내용에 대해 떠들자 태일 형이 이번 기사가 근로기준법을 인정받는 첫걸음이 될 거라고 했다. 그런 세상이 온다는 게 진짜냐며 사람들 입에서 만세 소리가 터져 나왔다. 상가를 뒤흔드는 환호성에 놀란 경비원들이 뛰어나왔지만, 누구도 움찔하지 않았다. 세상에 좋은 것은 돈 많고 높은 사람들 것으로 생각했는데, 길가의 버러지만도 못한 삶을 살던 우리 이야기가 신문에 실렸다는 것 자체가 기적이었다.

신문 사건이 있고 며칠 뒤 사장은 공장에서 태일 형을 쫓아냈다. 딴 데 정신이 팔려서 재단사 일을 제대로 못 한다는 게 이유였다. 노동자 실태 조사니 어쩌니 하며 노동청과 시청을 들쑤시고 다니는 태일이 공장 식구라는 게 알려져 그 불똥이 제게 튈까 봐 지레 겁먹고 잡도리하려는 게 역력했다.

대충 예상은 하고 있던 일이지만 막상 공장을 그만둔다는 태일 형의 말에 몇몇 시다들은 눈물을 흘렸다.

"미안해⋯."

눈두덩이 욱신거려 뒷말조차 끝내지 못했다.

"괜찮아. 꼭 대학생 돼야 한다."

어깨에 닿는 태일 형의 손길이 너무 따뜻해 나는 그만 울음을 터뜨리고 말았다.

*

공장에서 그만둔 태일 형이 다시 삼미사에 재단 보조로 들어갔다는 이야기를 미순 누나한테 들었다.

"재단사가 아니고요?"

"아무리 유능해도 선뜻 태일이 오빠를 받겠다는 공장이 없었겠지 뭐."

그럴 수밖에 없는 무슨 사연이 형에게 있을 거라고 생각했다.

태일 형이 회사를 그만둔 후엔 사장이 다방으로 불러내는 일도 없었다. 프락치 짓을 잘해 내면 아버지 일을 도와주겠다는 오 형사의 약속도 물 건너간 셈이었다. 나 같은 사람에게 행운이 그렇게 쉽게 올 리 없다는 것을 깨닫자 태일 형과 더 친하게 지내지 못한 게 아쉬웠다. 순애에게서 편지 한 통 없어서 마음이 더 복잡해졌다.

어느새 바람이 싸늘해져서 자꾸 옷깃을 여미게 했다. 사장과는 더 데면데면한 사이가 됐고 옥자가 나간 뒤에도 공장 누나 몇이 나가고 새로 들어왔다. 야간작업도 마다하지 않는 미순 누나가 다른 곳에서 작업비를 더 준다고 하자 사장이 매달리다시피 해서 주저앉혔다.

매일이 그날 같은 분주한 시간이 흘렀다. 납품일이라 점심이 돼서야 겨우 한숨 돌릴 여유가 생겼다. 옥상으로 올라갔다. 건물 안에서 유일하게 사장들이 오지 않는 곳이었다. 겨울이 가까운지 바람이 찼다. 가족들 생각하면 바위로 누른 듯 마음이 답답했다. 세차게 머리를 가로저었다. 걱정한다고 달라질 게 없었다. 옥상 문을 나서려는데 태일 형과 삼동회 회원 몇이 둘러서 있는 게 보였다. 오랜만에 보는 태일 형이었다. 인사해야 하나 어쩌나 우물쭈물하는 사이 말소리가 들렸다. 얼른 시멘트 기둥 뒤에 몸을 숨겼다.

"근로 감독관이 뭐래?"

"처음부터 무리한 요구였대. 환풍기 설치하는 게 뭐 어려운 일이라고."

태일 형의 목소리에 분노가 느껴졌다. 기사가 난 후 힘을 받은 태일 형은 여러 번 근로 감독관을 찾아가 작업 환경 개선을 요구하는 진정서를 냈다. 그 일 때문인지 얼마 전 근로 감독관이 공장에 찾아와 조사 어쩌고 하며 이것저것 물었던 기억이 났다. 대자를 뒤로 숨긴 채 빤히 쳐다보는 사장 때문에 "환풍기가 있으면 좋기는 한데…" 하고 말끝을 흐렸다. 감독관은 이 나라의 자랑스러운 산업 역군이며 집안을 일으킬 형이요, 누나라며 잔뜩 우리를 추켜세우더니, 사장에게 작업장 환경에 신경 좀 써 달라고 지나가듯 말했다. 환풍기를 달라는 명령이 아니라 여유 되면 한번 생각해 보라는 거였다.

"그럴 줄 알았어. 우리가 너무 순진했던 거지, 뭐."

"형사까지 데리고 와서 밥 사 주고 너한테 표창장 주겠다고 그럴 때부터 알아봤어야 하는 건데."

"그게 노동청의 국정 감사를 피하려고 그랬던 거였어."

태일 형이 얼굴을 일그러뜨리며 주먹으로 벽을 쳤다. 지켜보던 내 몸이 먼저 움찔댔다.

"우리 일이랑 그거랑 무슨 상관이라고?"

모여 있던 재단사들의 시선이 태일 형에게 쏠렸다. 국정 감사 때문에 거짓말을 했다니. 귀가 쫑긋 섰다.

"내년 봄에 대통령 선거가 있잖아. 선거 앞두고 잡음 생기면 안 된다는 거지 뭐."

그 무렵 선거를 앞두고 박정희 대통령의 독재와 정치적 탄압에 대해 신민당 김대중 후보 쪽이 비판의 목소리를 높였다. 그를 추종하는 시민들이 늘어나자 당황한 박정희 정권은 그 어느 때보다도 바짝 여론에 신경 썼다. 더구나 지난 봉제공장 여공들의 기사처럼 노동자들의 비참한 현실이 계속 언론에 오르내리면 선거에 불리하게 작용할 테니, 주무 부서인 노동청과 시청에 가해지는 압력 역시 만만치 않았다.

태일 형이 제출한 진정서가 다시 신문에 실릴 낌새를 챈 노동청 담당자들도 속이 타서 삼동회를 찾아왔다. 그들은 직장 없이 빈둥대는 떠돌이의 요구를 누가 들어주겠냐며, 일단 취직만 하면 일주일 내로 개선해 주겠다며 형을 달랬다. 부랴부랴 태일 형이 삼미사에 재단사가 아닌 재단 보조로 취직한 것도 그런 이유에서였다. 노동청이 약속만 지켜 준다면 재단사든 재단 보조든 따질 처지가 아니었다.

"이제 어떡하지?"

"데모하자. 노동청에서도 국회 앞에서 시위하든지 말든지 마음대로 하라고 했으니까."

"그게 마지막 방법이라면 당연히 해야지."

누군가의 말이 끝나고 잠시 무거운 침묵이 흘렀다.

"그런 있으나 마나 한 근로기준법, 이 기회에 태워 버리는 거야."

"뭐, 화형식을 하자고?"

"응, 국정 감사가 끝났으니까 웬만한 방법으로는 안 통해. 기자들에게 미리 알려 주면 다들 기사로 내줄 거고, 그러면 사장들도 더는 못 버티고 우리 요구를 들어줄 거야."

근로기준법을 불태워 버리겠다니. 분명 오 형사가 군침을 흘릴 만한 이야기였다. 내가 지켜보는 걸 알기라도 한 듯 형들이 갑자기 목소리를 낮췄다. 어떻게 데모를 준비할 것인지 의논하는 게 분명했다. 꺼진 줄 알았던 불씨가 되살아난 기분이었다. 그렇다고 경찰서로 오 형사를 찾아갈 용기는 없었다. 속이 탔다. 들키기 전에 빨리 옥상에서 내려왔다.

새로 들어온 재단사 민구 형이 나를 보고 어디 갔었냐며 길길이 날뛰었다.

"가게 갔다 오라면서요?"

"기어서 갔다 와도 벌써 왔겠다. 어리대지 말고 빨리 사장님 좀 찾아봐."

"사장님이 어디 있는지 내가 어떻게 알아요?"

가만있다가 불화살을 맞은 것 같아 성질이 났다.

"납품한 봄 잠바가 전량 반품 들어오게 생겼어. 그렇게 어물댈 시간 없다니까."

일주일 야간작업 끝에 간신히 납품한 것이었다. 민구 형의 얼굴만 봐도 얼마나 심각한 일인지 알 듯했다. 따져 물을 겨를도 없이 밖으로 튀어나왔다.

점심때도 지났으니 사장이 갈 데라고는 뻔했다. 근처 기원, 그도 아니면 다방에서 시간을 죽이고 있을 터였다. 상인회 사장들과 기껏 장기나 둘 거면서 "내가 너희 벌어먹이려고 아주 똥줄이 빠진다, 빠져!" 그런 흰소리를 달고 사는 위인이었다.

사장이 자주 가는 기원은 담배 연기로 찌들어 있었다. 카운터를 지키는 것보다 손님들과 대국을 즐기는 젊은 사장은 내가 들어서자 고개를 절레절레 저었다. 사장을 찾아온 걸 빤히 알고 하는 몸짓이었다.

다방 안으로 들어서자 후끈한 열기와 축축 늘어지는 노랫소리가 몸을 휘감았다. 오 형사 옆자리에 앉아 아양을 떨고 있던 마담이 사장에게 문 쪽을 보라고 눈짓했다.

"호랑이도 제 말 하면 온다더니…. 종식아, 빨리 와 봐라. 여기 형사님께서 좋은 소식을 갖고 오셨다."

사장이 헤벌쭉해서 손을 마구 휘저었다. 좋은 소식이라는 말에 가슴이 벌렁거렸다. 오 형사가 등을 세우며 헛기침해 댔다.

"황지 경찰서장이 네 아버지 일을 알아봐 주겠다고 했단다. 다 형사님의 은공이라는 걸 잊으면 안 된다."

"아, 김 사장! 아직 확답받은 건 아닌데…."

"형사님이 나서면 다 된 거나 마찬가지죠. 전태일이 허튼짓 벌이기 전에 어떻게든…. 그래야 체면도 서고 승진도 하고 그러는 건데.”

사장이 제 속도 속이 아니라며 손바닥을 비벼 댔다.

“큰 거 한 건만 걸리면 다 되는 건데….”

오 형사가 인상을 쓰며 입술을 깨물었다.

“삼동회에서 무슨 데모를 할 거래요.”

내 입에서 불쑥 그 말이 튀어나왔다. 태일 형이 주동자라는 말은 하지 않았다. 오 형사와 김 사장은 잔뜩 몸을 내 쪽으로 내밀었다. 오 형사의 눈빛이 이글거렸다.

“언제?”

“다음 주… 금요일이라고 그랬어요.”

“네가 해낼 줄 알았다. 내가 네 아버지 일은 알아보고 있으니까 조금만 기다려 봐라.”

오 형사의 입가에 야릇한 미소가 스쳤다.

순애 편지가 더 기다려졌다. 출근길에, 점심시간에, 퇴근하면서 경비실에 들러 편지가 왔는지 물었다. 더 싼 곳으로 자꾸 방을 옮기다 보니 순애는 집 대신 공장 주소로 편지를 보냈다. 경비실 아저씨는 그런 편지 있으면 순찰할 때 전해 주지 뭐 하러 갖고 있겠냐며 구시렁댔다. 이장 댁이나 엄마가 다니는 광업소 사무실로 전화해서 물어보고 싶었지만, 엄두가 나지 않았다. 어쩌다 거리에서 오 형사와 부딪치면 내가 먼저 피했다. 괜히 귀찮게 조르면 될 일도 안 될 것 같았다.

그 일 이후 사장이 나를 대하는 태도가 싹 달라졌다. 부쩍 민구 형을 들들 볶았다. 월급 제대로 받으려면 돈값 하라고 딱딱거리는 건 예사였다.

"사장이 왜 저러는 줄 알아? 너 빨리 키워서 재단사 쫓아내려는 거야."

미순 누나 말을 들었는지 민구 형이 씩씩대며 초크를 산산조각 냈다. 재단의 시작은 본 그리기, 끝은 가위질이니 초크와 재단 칼을 신줏단지 모시듯 하라고 귀에 딱지가 앉게 말하던 형이었다.

"누가 보조고 누가 재단사인 줄 모르겠네. 당장 그만둬야 원."

사장 앞에서는 입도 뻥긋 못 하면서 대놓고 고깝다는 티를 냈다. 민구 형 눈치를 살피느라 몸보다 마음이 더 피곤했다.

열한 시가 다 돼서야 일이 끝났다. 버스 정류장으로 터덜터덜 걸었다. 통금에 걸려 곤욕을 치를지도 몰랐지만 당장은 몸이 천근만근이었다. 정류장 표지판 아래 어두운 그림자가 드리워져 있었다. 옥상에서 뒷모습만 본 후 처음 보는 태일 형이었다. 희미한 가로등 때문인지 형의 표정을 읽을 수 없었다.

"형, 지금 들어가요?"

"어, 종식이구나. 늦었네. 버스 금방 갔는데."

늦은 시각이라 삼일고가도로를 달리는 자동차들도 뜨문뜨문 보였다.

"형, 그때 일은 미안해요."

"네가 미안할 게 뭐 있어? 네가 날 두둔했어도 어차피 그렇게 됐을 거야."

무엇이든 가려 주는 밤이어서 다행이었다. 어색한 공기가 둘 사이를 메웠다. 버스가 오려면 한참 걸린다는 걸 알면서도 자꾸 차도 쪽을 기웃거렸다.

"아버지는 좀 어떠시니? 수술해야 한다고 그랬잖아?"

"이만저만요. 삼미사에 재단 보조로 들어갔다면서요?"

"응, 그렇게 됐어. 이것저것 따질 처지가 아니었거든. 결국 그것도 다 속임수였지만…."

형은 맺힌 게 있는지 뒷말을 잇지 못했다. 나도 뻘쭘해서 신발로 땅바닥을 찼다.

"처음 미싱사 일을 시작했을 때는 나만 열심히 일하면 다 잘될 줄 알았어. 너무 순진했던 거지. 그러다가 근로기준법을 알았고 근로기준법대로만 하면 우리도 인간 대접을 받을 수 있을 거라고 믿었는데…."

형의 마음속 이야기를 듣는 건 처음이었다. 대학생 친구 어쩌고 그럴 때부터 태일 형이 껄끄럽게 느껴졌고 무엇보다 오 형사의 프락치였던 내 처지가 자꾸 뒷걸음질 치게 만들었다. 내 마음은 그때나 지금이나 태일 형만 생각하면 늘 든든했다. 힘들고 고단할 때 아무 때나 찾아가도 형은 괜찮다고, 힘내라고 다독여 줄 것 같았다.

"근로기준법만 지켜지면 세상이 달라질 거라고 형이 그랬을 때 난 안 믿었던 것 같아요. 그것도 미안했어요."

지난 2년 동안 죽도록 일했지만 조금도 나아지는 게 없었다. 우리 아버지처럼 다리가 잘리고, 옥자처럼 각혈하다 쫓겨나도 세상이 잘못됐다는 생각보다 내가 모자라서 그렇다고 여겼다. 우리의 피와 땀으로 벌어들인 돈은 사장의 주머니를 채우고, 큰 회사 사람들보다 두 배 넘게 일해도 손에 쥐어지는 월급은 10분의 1도 안 되는 그런 세상이었다.

"… 사람이 죽으면 뭔가 좀 달라지겠지?"

입술을 깨물며 형이 말했다.

"우리 같은 사람 죽는다고 눈이나 끔쩍하겠어요? 죽기는 왜 죽어요?"

아무리 억울하고 힘들어도 죽으면 모든 게 끝 아닌가? 가족한테 짐만 되는 신세라며 죽겠다는 아버지를 부여잡고 살다 보면 궂은날이 많아도 언젠가는 좋은 날 오지 않겠냐며 어머니는 오래 울었다. 나 역시 다시는 걸을 수도, 돈을 못 벌어도 아버지 없는 것은 참을 수 없을 것 같았다.

"나 하나 죽어 세상을 바꿀 수 있다면…. 그럴 수만 있다면 난…."

형의 다음 말은 입 끝에서 파르르 떨렸다. 깜깜한 어둠 속에서도 형의 눈은 차갑게 빛났다.

"내일 한 시에 국민은행 앞으로 나올 수 있지? 회원마다 열 명씩 데려오기로 했는데, 네가 제일 먼저 떠오르더라."

심장이 멎고 쿵, 가슴이 내려앉았다. 지금이라도 시위 정보를 오 형사에게 줬다고 고백하고 싶었다. 잘못했다고 용서해 달라고 말하고 싶었다. 이번 시위는 형이 나서지 않았으면 좋겠다, 그게 아니면 형은 그냥 뒤에만 있으라고. 살아 있어야 형이 바라는 세상도 오지 않겠냐고…. 머릿속이 터질 듯했다.

"내일 보자."

버스가 섰다. 나를 돌아보며 형은 친구네 집에서 내일 쓸 현수막을 만들기로 했다며 희미하게 웃었다. 버스 안에서 형이 손을 흔들고 있었다.

\*

아침부터 세상이 온통 잿빛이었다. 시장 골목마다 사복형사들과 경찰들이 모여 있었다. 경비원들도 건물 앞에 나와 일일이 얼굴을 확인하고는 여공들에게 "바깥으로 나올 생각 마라"라며 겁박했다.

"태일이 그놈과 패거리들이 데모한다더라. 괜히 데모대에 끼었다가 내 눈에 띄면 바로 해고야, 알지?"

사장이 손바닥으로 목을 그으며 공장 아이들을 올러댔다. 공장 식구들은 머리를 푹 숙인 채 아무 대꾸도 하지 않았다.

"간신히 구한 시다가 오후에 인사 오기로 했는데…."

사장 기세에 눌려 입만 달싹이던 미순 누나가 머뭇대며 말했다.

"두 시라고 했지? 경찰과 형사들이 저렇게 많은데 그깟 놈들이 개지랄해도 금방 진압할 거다. 시다 일은 내가 알아서 할 테니까 신경 쓰지 말고."

다시 한번 인상을 쓴 후 사장이 바깥 좀 둘러보고 오겠다며 나갔다.

"우리도 나가 봐야 하는 거 아니에요? 오빠가 우리 때문에 데모하는 건데…."

1번 시다의 말에 미순 누나가 눈을 치켜떴다. 데모해서 바뀔 세상이 아니라며, 뱁새가 황새 쫓다가는 가랑이 찢어지는 법이라며 문자까지 섞었다. 이 상황에 맞는 말도 아닌데 웃을 수 없었다.

잠바 원단을 재단판 위에 올렸다. 민구 형이 나를 빤히 보고는 재단 칼을 내 손에 쥐어 주었다. 며칠을 졸라야 겨우 쥐어 줄까 말까 한 일이었다. 횡재했다는 생각보다 무슨 꿍꿍이인가 싶어 눈만 씀벅였다.

"경찰들이 쫙 깔린 걸 보니 저번보다 더 크게 일을 벌일 모양이야. 몸은 다치지 않아야 하는데."

민구 형이 그렇게 나오자 마음이 더 뒤숭숭했다. 뱉을 수도 없고 삼킬 수도 없는, 목에 걸린 가시였다.

"마음이 심란할 때는 일에 몰두하는 것도 좋아."

막상 재단 칼을 잡긴 했는데 겨드랑이 부분을 뭉텅 자르고 말았다. 시접 여유를 많이 주라고 했지, 하며 벌써 주먹이 날아왔을 텐데 아무 기척이 없었다. 민구 형이 한 치수 작게 만들면 된다면서 선선히 못 쓰게 된 원단을 걷어 냈다.

오늘따라 공장 안이 유난히 조용했다. 폭발 일보 직전의 긴장감이랄까. 예전 같으면 잠을 깨우려, 지루한 작업을 견디려는 시다들의 조잘거림이 종일 들렸을 시간이었다. 수상한 분위기 때문인지 시다들도 입을 꾹 다문 채 실밥을 뜯고 시아게를 했다.

잠시 후 사장이 돌아왔다. 어쩐 일이지? 점심을 먹지 않고 들어온 게 수상했다.

"우리 종식이, 수고했어."

사장이 느물대더니 내 어깨를 툭 쳤다. 칼날에 심장이 푹 찔린 기분이었다.

벽시계가 한 시를 가리켰다. 태일 형은 어디 있을까? 사람들은 많이 모였을까? 꼭 나가겠다고 약속한 적은 없지만 마음이 불편했다. 왜 이렇게 시간이 더디 가지? 바깥에 신경 쓰다 보니 손이 자꾸 어긋났다. 민구 형이 나를 밀쳐 내고 원단을 재단판에 올렸다.

"오늘 점심시간은 두 시부터야. 한 명도 바깥에 나가지 못하게 재단사가 잘 단속하고."

사장 말을 듣는 둥 마는 둥 민구 형이 재단판을 힘껏 내리쳤다.

"이게 뭐야. 팔 부분을 재단할 때는 정신 바짝 차리라고 했지?

재단사 보조만 하다 인생 종 치고 싶어? 오늘은 잘할 때까지 꼼짝 말고 여기 붙어 있어, 알았지?"

"그러니까 깜냥 될 때까지 재단 칼 맡기지 말라고 했잖아? 친척인 거 신경 쓰지 말고 제대로 된 재단사로 만들어 주게."

사장의 흐뭇한 미소를 본 듯 민구 형이 한쪽 눈을 찡긋댔다.

"여긴 내가 할 테니까, 넌 가게 가서 프릴 원단 찾아와."

민구 형이 망친 원단을 걷어 내고 새 옷본을 꺼냈다. 웬 심부름? 아침까지 프릴 원단이 들어온다는 말은 없었다. 내일부터 작업 들어가는 블라우스 때문인 걸까? 멀뚱대는 나에게 민구 형이 고갯짓으로 바깥을 가리켰다. 눈동자가 빠르게 움직이는 걸 보자 더 이상 어쩔 수 없었다.

"그럼 나갔다 올게요."

"나가지 말라고 그랬는데…. 밥은 먹고 나가지 그래."

미싱사 누나가 사장 쪽을 보며 낮게 웅얼거렸다. 끼니를 못 챙기는 것보다 민구 형의 마음이 바뀔까 싶어 얼른 공장을 나섰다.

옥상으로 올라가는 계단 쪽으로 빠르게 걸었다. 태일 형이 나오라고 했지만, 시위대 속에서 형을 볼 자신이 없었다. 그저 태일 형의 안부가 궁금했다.

어두컴컴한 복도로 나오자 우중충한 날씨 때문인지 꿉꿉한 냄새가 코를 찔렀다. 멀리서 웅성대는 소리만 들려올 뿐 복도 안엔 사람 하나 없었다. 여느 때 같으면 화장실에 가거나 수돗가에 물

받으러 가는 사람 몇은 보여야 했다. 주위를 두리번거리며 복도 끝까지 갔다. 두런대는 말소리가 들렸다. 거리에 내려다보이는 복도 한구석에 태일 형과 삼동회 회원들이 둘러서 있었다. 몸이 얼어붙었다.

검정 바바리 차림을 한 형 옆에는 석유통이 놓여 있었다. 화형식인가 뭔가에 쓸 게 분명했다. 옆에 서 있는 형들에 비해 유난히 형의 얼굴이 굳어 보였다.

'형, 지금이라도 그만둬. 형도 있으나 마나 한 법이라고 했잖아.'

경찰과 경비원들이 통로를 막고 나가지 못하게 하는지 밀고 밀리는 사람들의 고함이 상가를 가득 메웠다.

"누가 오 형사한테 찌른 것 같지?"

누군가의 입에서 그 말이 튀어나왔을 때 절로 다리가 꺾였다.

"신고하지 않아도 맨날 죽치던 사람들이야. 벌써 끌려간 동지도 있으니까 흔들리지 말고 우리가 할 일만 생각하자."

태일 형이 단호하게 말을 잘랐다. 작은 몸 어디에서 저런 강단이 나오는 걸까? 가슴 안으로 묵직한 것이 가라앉았다.

한 시 반이었다. 형이 말한 시간이었다. 벽에 몸을 바짝 붙였다. 태일 형의 눈짓에 회원들이 옷 속에 감추고 있던 현수막을 꺼내 펼쳐 들었다.


우리는 기계가 아니다!

그 문구가 가슴에 문신처럼 박혔다.

회원들이 2층 계단에서 내려섰을 때 잠복해 있던 형사 둘이 기다렸다는 듯 뛰어왔다. 곧이어 현수막을 뺏으려는 자와 빼앗기지 않으려는 자들 사이에 몸싸움이 벌어졌다. 이내 현수막은 찢겼고 발에 밟혔다. 순식간에 벌어진 일이었다. 뒤이어 형사들이 몽둥이를 들고 닥치는 대로 사람들을 내리쳤다. 형과 회원 몇은 후다닥 계단을 뛰어 올라갔다. 형사들이 회원 둘을 잡아끌고 내려가자 형들이 3층에서 다시 내려왔다.

"그깟 현수막 없어도 돼. 그냥 나가자!"

회원 하나가 상기된 얼굴로 소리쳤다.

"너희 먼저 내려가서 담배 가게 옆에서 기다려. 난 이따 갈 테니."

태일 형이 심각하게 말했다. 정체를 알 수 없는 불안감이 덮쳤다. 손바닥에 땀이 찼다.

'형이 대장이잖아요. 같이 내려가요! 태일이 형도 데리고 가란 말이에요.'

그 말은 입 안에서만 맴돌았다.

"그래, 빨리 내려와라."

"사람들이 흩어지기 전에 분위기 띄워 볼게."

태일 형에게 주먹 쥔 손을 들어 보이며 삼동회 형들이 계단을 급하게 뛰어 내려갔다. 회원들이 모두 내려간 후에야 형은 품에서 책을 꺼냈다. 책장이 너덜너덜할 정도로 낡은 책이었다. 형이 말한 근로기준법 책이었다. 책을 쓰다듬는 형의 손이 가늘게 떨렸다. 그 책이 형의 인생을 다 망가뜨렸다. 눈두덩이 쑤셨다. 미심쩍은 냄새가 콧속으로 스며들었다. 태일 형이 몸에 붓기 시작한 석유 때문이었다. 쏟아지는 석유는 형의 몸을 적시고 들고 있던 책까지 적셨다.

'왜 저러는 거지?'

나는 아무 생각도 떠오르지 않았다. 발이 먼저 움직였다. 발소리에 형이 고개를 들었다. 형과 눈이 마주쳤다.

"형, 무슨 짓이에요?"

태일 형은 고개를 가로저었다. 이글거리는 눈빛은 그 자리에 가만있으라고, 나를 막지 말라고 말하는 것 같았다. 그것은 거부할 수 없는 명령이었다. 형은 근로기준법 책을 가슴에 품고 천천히 계단을 내려갔다.

"사람이 죽는다면…."

어제 했던 형의 말이 퍼뜩 떠올랐다. 몸이 뻣뻣하게 굳어 왔다. 몇 발 내디뎠을까? 갑자기 태일 형의 옷에 불길이 확 치솟았다. 이내 검붉은 불길이 형을 휘감았다. 불붙은 몸으로 형은 사람들이 모여 있는 국민은행 앞길로 뛰어나갔다. 경찰과 경비원들의 협박과 몽둥이질에 흩어졌던 노동자들이 불길을 보고 다시 몰려들었다.

"근로기준법을 준수하라!"

"우리는 기계가 아니다! 일요일은 쉬게 하라!"

"노동자들을 혹사하지 마라!"

죽음을 앞둔 호랑이처럼 형은 마지막 힘을 다해 외쳤다.

입을 막은 화염 때문인지 마지막 말은 알아들을 수 없는 비명으로 변했다. 불꽃에 휩싸인 채 비틀거리던 형이 바닥에 풀썩 쓰러졌다. 나는 뜨거운 불길에 갇힌 것처럼 몸을 움찍할 수 없었다.

어느새 목은 따가웠고, 눈에선 뜨거운 눈물이 쏟아졌다.

"형, 안 돼. 안 된다고요."

계단을 뛰어 내려가며 소리쳤다. 고함에 놀란 경찰들이 사람들을 헤치며 뛰어왔다. 은행 앞은 순식간에 아수라장이 되었다. 여기저기에서 비명이 터졌다.

"사람이 죽었다."

"전태일이 불탔다."

형이 말한 근로기준법 화형식이었다.

멈춰진 시간. 쓰러진 형의 몸 위로 불길이 쉬익쉬익 소리를 냈다. 나는 잠바를 벗어 형의 몸에 붙은 불길을 내리쳤다. 살 타는 냄새가 코를 찔렀고 뜨거운 불기운이 얼굴에 훅 끼쳤다. 눈물도 뜨거울 수 있구나. 볼을 타고 흘러내리는 눈물을 닦을 수 없었다. 우왕좌왕하던 사람들이 달려와 형의 몸에 붙은 불길을 끄기 시작했다. 간신히 불길을 잡았을 때는 엉덩이 부분을 제외하고 형의 몸은 시꺼먼 숯덩이가 되어 있었다. 옷이 눌어붙은 팔에선 벌건 피와 진물이 흘렀다. 눈꺼풀은 뒤집히고 입술은 퉁퉁 부르터 있었다.

"형, 죽으면 안 돼!"

태일 형이 비틀거리며 다시 일어섰다. 사람들을 향해 태일 형이 쥐어짜듯 외쳤다.

"내 죽음을 헛되이 하지 마라!"

뒤늦게 나타난 기자들이 쫓아와 "분신 동기가 무엇이냐?"라고 물었다. 태일 형은 죽을힘을 다해 입을 움직였지만 무슨 말인지 알아들을 수 없었다. 사람들 틈에 민구 형이 있었다. 손으로 얼굴을 가린 미순 누나와 시다들도 보였다.

"전태일이 죽었다!"

누군가의 외침이 평화시장 하늘로 울려 퍼졌다.

사람들을 가르며 구급차가 달려왔다. 삼동회 회원 둘이 태일 형을 들어 차에 실었다.

어느새 두 시였다.

"근로기준법을 준수하라!"

눈물 삼키며 소리치는 삼동회 회원들의 선창에 사람들의 함성이 이어졌다.

구급차를 쫓아가던 나도 되돌아서 국민은행 쪽으로 달렸다. 형의 마지막 말이 사람들을 움직였다. 함성이 상가 건물을 뒤흔들었다. 그 함성은 형의 피눈물이었다.

"우리는 기계가 아니다!"

"누가 전태일을 죽였는가?"

"우리도 사람이다. 열여섯 시간 노동이 웬 말이냐?"

나는 소리치며 사람들 속으로 뛰어들었다. 현수막 따윈 필요 없었다. 시장 안 직공들이 물밀듯이 쏟아져 나왔다.

그것은 거대하고 뜨거운 불길이었다.

## 작가의 말

이 소설집에는 모두 다섯 편의 글이 실려 있다. 3·1운동에서부터 1970년 초 노동환경의 열악한 현실을 알렸던 전태일의 분신까지, 각 시대의 한복판에서 어둠을 헤치고 빛나는 삶을 살았던 청소년들의 이야기다.

이미 다른 소설집에 실렸던 단편소설이지만 다시 읽어 보니, 너무 장황하게 보이는 부분이 적지 않았다. 순전히 작가의 욕심으로 이야기의 기본 줄거리는 살리되 청소년의 일상에 집중해 손본 것을 이번에 책으로 묶었다.

〈마방 소년〉은 강원도 홍천군 물걸리 마을의 만세운동 이야기다. 당시 만세운동을 주도했던 김덕원 지사의 손자뻘 되는 분과 인터뷰를 했고, 김 지사가 숨어 지내던 곳, 활동지를 답사하기도 했다. 그러다 보니 만세운동 과정에 더 집중했던 부분을 덜어내고 마방 소년 유근이 보고 겪은 그날의 만세운동에 맞춰 수정했다.

〈열여덟 동이〉는 1930년대 우리나라 최고의 소설가 이효석의 단편소설 《메밀꽃 필 무렵》을 오마주한 것이다. 이전에 김유정의 《봄 봄》을 강원도가 고향인 작가들(전상국, 이순원, 이기호 등)과 함께 이어쓰기 작업에 참여한 적이 있다. 이 단편은 처음 《메밀꽃 필 무렵》을 읽었을 때 가졌던 궁금증, '허생원은 성씨 처녀를 만났을까?' '성씨 처녀가 아이를 낳았다면 어땠을까?' 하는 궁금증에서 출발했다.

〈덫〉은 태평양전쟁이 막바지에 이르렀을 때 국가 총동원령으로 강제징집을 당했던 진구의 이야기다. 식민지역사박물관에서 들었던 '강제징용' 강좌 중에서 가장 놀랐던 점이 징병제를 처음 실시했을 때 경쟁률이 엄청나게 높았다는 사실이었다. 그 후 1944년쯤에는 한 가구당 한 명은 반드시 징용이든 징병으로 가야 해서 진구 같은 처지에 놓인 사람들이 많았다는 이야기를 들었을 때는 분노했다. 요즘 불거지는 강제징용 제3자 변제라는 논란을 떠올려보면 새롭게 읽히지 않을까 싶다.

〈함성과 깃발〉은 4·19혁명 60주년 기념 소설집에 수록한 작품이다. 4·19혁명 기념일 때마다 언론에서 자주 거론되는, '민주주의 사수하자'는 현수막을 들고 중고등학교 중 유일하게 경무대까지 진출한 동성중·고등학교 아이들의 이야기는 나를 흔들기에 충분했다. 이전에 쓴 이야기 중에 현수막을 만드는 과정과 4·19혁명 그날 동성고 아이들이 어떻게 시위에 참여하게 되는지에 초점을 맞춰 매만졌다.

〈나는 프락치가 아니다〉는 세월호 집회에서 만났던 청소년들을 보면서 역사의 변곡점마다 온몸으로 세상에 맞섰던 청소년들의 용기 있는 모습을 담자는 의미로 펴냈던 소설집 《광장에 서다》에 수록한 작품이다. 처음 소설집을 기획했을 때 내 안에는 전태일밖에 없었다. 대학 시절 《어느 청년 노동자의 삶과 죽음》을 읽고 펑펑 울었던 기억 때문이다. 나중에야 조영래 변호사가 쓴 《전태일 평전》이라는 책을 알게 됐다. 어떻게 써도 전태일의 위대한 삶을 온전하게 드러낼 수 없다는 한계 때문에 고향인 강원도 태백의 한 아이를 주인공으로 삼아서 전태일의 마지막 3개월을 그렸다.


강물이 끝내 바다에 이르듯 '역사는 더디다, 그러나 진보한다'는 말을 믿어 왔고, 앞으로 이 믿음은 꺾이지 않을 것이다. 글을 다시 고쳐 쓰면서 이 말이 더 강한 확신으로 다가왔다.

올해로 작가가 된 지 10년을 맞았다. 그래서 한국 근현대사를 정리한 이 단편집은 작가로서 한 시절을 마감한 기분마저 들게 한다. 다섯 편의 단편을 통해 만났던 아이들 역시 더 각별한 의미로 남을 것이다. 작가에게 특별한 의미가 되어 준 것처럼 이 책을 읽는 이들에게도 우리 근현대사의 한 자락이라도 들춰 보고 역사의 뒤안길에 있던 청소년들을 마주할 기회가 되어 준다면 더없이 기쁠 것 같다.

2023년 남한산성 아랫마을에서